正直な肉体

生方 澪

幻冬舎文庫

正直な肉体

shouziki na nikutai

正直な肉体

contents

shouziki na nikutai

第一話　私の元気な玩具

香山《かやま》満ちるはファミリーレストランの自動ドアから店内に入ると、ゆっくりとフロアを見回した。フレームが丸くて大きめの、いかにもブランドものといった薄茶色のサングラスをはずしてから頭にのせ、腰に手を当てるようにして主に禁煙席のエリアに目をやった。

「お客様、一名様でしょうか。お待ち合わせですか？」

オレンジと白のギンガムチェックのブラウスを着た女性店員がさっとやって来た。

「ええ……あ、でも見つけたからいいわ」

満ちるは奥まった場所のボックス席を小さく指さして答えた。

黒の十センチヒールに、紫がかった赤のワンピース。飾り気のないシンプルなデザインだがかなり体にフィットしているので、体型に自信がないと着こなせない。おまけに小さなダイヤのピアス以外ノーアクセサリーだ。形良く隆起している胸を反らすように、そしてほどよく張り出した腰を左右に揺らして歩く姿は、ファミレスにはいささか不似合いだった。黒の小型のバッグを腕に通しているが、財布と化粧直しの道具ぐらいしか入らないような華奢《きゃしゃ》なサイズだ。

「……やっぱりね、みんなここに集合してると思ったのよ」

満ちるが小さく微笑《ほほえ》みながら声をかけると、それまでおしゃべりに夢中だった四人の女たちの話がぴたりと止まり、一斉に顔を上げた。

美沙緒《みさお》は、誘っていない満ちるが突然現れた動揺を隠せずに笑顔がこわばっていたが、優奈《ゆうな》は驚きを隠す程度の余裕はあって、何事もないように微笑んだ。

虹子《こうこ》は、本心はどうであれ、わざとらしいほどの歓迎の意を表し、四人の中で年長の真智《まち》はすぐさま満ちるが座れるように場所を空けた。

「お邪魔しちゃっても、いいのかしら？」

皆の返事を聞く前に、満ちるはすでにソファ席に腰を滑りこませていた。六人まで座れるグループ用の席なのでさほど詰めなくてもまだゆとりがある。

「どうぞ、どうぞ。歓迎よ」

「私たち、三十分ぐらい前にきたばかりなの」

「ここにいること、よくわかったわね」

「満ちるさんには私たちのすることはお見通しなのね」

それぞれの言い分を、満ちるは薄ら笑いを浮かべながら聞いていた。

四人とはいわゆるママ友で、子どもたちが同じ小学校に通っている。子どもたちの年齢はそれぞれ異なるが、去年PTA役員で同じ係になったことから親しくなったのだ。満ちるの子は六年生だったのでこの三月に小学校を卒業し、もうPTAとは縁がなくなったがママ友の付き合いは継続していた。満ちるは役員の中でもリーダー格だったし年齢も上なので、ボス的な存在だ。それは役員という括《くく》りがなくなっても同じで、いつも満ちるの後に四人が追随するといった感じで、学校外で集まる時もたいてい満ちるが号令をかけていた。

夜、子どもたちが寝てから近所のファミレスに集合するという習慣も満ちるの提案で始まったのだ。母親たちにも時には息抜きが必要だし、そのくらいの自由は許されていい。その程度の夫の協力を仰いでも罰《ばち》は当たらないはず、というのが持論だ。

しかしファミレスでお茶するだけでは飽き足りず、時にはそのままカラオケに流れることもあった。けれども満ちる以外の四人は飽くまでも品行方正な妻であり母である。アルコールもさほど多くは口にしない。

「あなたたち、今年も同じ役員やっているの？」

満ちるはストレートのセミロングヘアの前髪を掻《か》き上げながら訊《き》いた。いかにも煙草や酒が似合う雰囲気を醸し出しているが、ファミレスで吸うことはない。

「ええ、今年はみんな広報委員。主に学校だよりを作っているのよ」

「きょうもね、そのことでちょっとした打ち合わせをしていたの」

虹子は、満ちるを誘わなかったことの弁解として苦しい言い訳をした。

「まあ、理由はどうあれ息抜きは必要よね」

ウエイトレスが注文を取りにきたので、満ちるはホットコーヒーを頼んだ。「ドリンクバーになさいますか？」と言われると「いらない。ドリンクバーっていちいち取りに行くのが面倒なのよね」と訊かれてもいない理由を口にした。四人はドリンクバーで、すでに複数の飲み物を取りに行った形跡があった。カップやグラスが人数分よりも多く並んでいる。その他にスイーツも食べたようだ。

近所に住んでいる四人は、徒歩か自転車でやって来ているので満ちるに比べるとラフないでたちだ。上下ともユニクロ……というほど普段着でないものの、電車に乗って繁華街に出かける時のようなきちんとした装いではない。だれもヒールの靴やパンストをはいていないし、ブランドものも身につけていない。

「月末の金曜日だし、きっとどこかで集まっているだろうなって思ったのよ。みんなお子ちゃまは旦那が見ているの？」

三人が頷き、美沙緒だけ「母が……」と言った。

「今年、受験の子がいる人は？　いないんだっけ」

「うちと美沙緒さんのところが二年生で、虹子さんと真智さんのとこが三年生よ」

優奈が説明するのを他の三人が頷いた。

「それじゃ、もうしばらくは楽できるか。四年になると塾通いが始まるから」

「三年から中学受験の塾行ってる子もいるけどね。うちはダメ。サッカーに夢中で」

真智は氷で薄くなった抹茶オレをストローで吸いながら言った。

「塾がなくても習い事の送り迎えがけっこう負担になってる。スイミングと英語教室」

「あら、スイミングって送迎バスがないの？　うちはそういうとこに行かせてたけど。送り迎えなんて面倒なことしないわ。英語教室も駅前のあたりならひとりで行けるでしょ。何でもひとりでやらせなくちゃ」

美沙緒は満ちるにぴしゃりと言い返されて小さく肩をすくめた。しかし美沙緒は決して満ちるに反論しないのだ。

「送迎バスがあるのはスポーツクラブのスイミングでしょ。あそこは月謝が高いからサービスもいいわよね」

真智が口を挟んで美沙緒の味方をした。

「そう、あそこは入会金も高いしね。予算の関係で入れられなかったから……いろいろ調べて安いところにしたの」

「習い事もいくつも掛け持ちすると、月謝だってバカにならない」

「ほんと、ほんと」

美沙緒は三人が同意してくれたので少し安心した表情になった。

「そうなんだ。入会金とか月謝の額とかあんまり気にしたことなかった」

「うらやましいなー。満ちるさんのところとウチらとは経済状態がちがうからねー」

真智の言葉にも満ちるは表情ひとつ変えずに当然のように聞いていた。

満ちるは夫婦ともに会社経営をしている。夫は不動産関係で、満ちるは最初その手伝いをしていたのだが、今は自分が関連会社を立ち上げた。息子は二人で上が高一、下が中一なのでようやく手が離れたところだ。

リビングが二十畳近くある広い戸建ての家に住み、車は外車が二台。家事代行サービスが頻繁にやって来るので、満ちるはほとんど家事をしていない。

息子二人の教育も、塾と家庭教師に任せきりだったが二人ともそこそこ有名な中堅私立校に通学している。もう子どもだけで留守番できる年齢なので、満ちるは昼間仕事で留守にするだけでなく、夜もよく出歩いている。

「何言ってるのよ。あなたたち、だれも働いていないじゃない。それこそ人がうらやましがる身分だわ。世の中には専業主婦になりたくてもなれない人、いっぱいいるんだからね」

満ちるのきっぱりした物言いに四人は少しだけ引いた。

「確かに、楽させてもらってると思う。主人に感謝しなくちゃ。でも子どもの手が離れたらまた働いてみるかも」

「私は、家でできる添削のアルバイト少しやってたけど。本当は外で働きたいわ」

「私も働きたいけど、小二と年長の子が二人じゃ、とてもとても」

「うちも、もう少し大きくなったら、せめて留守番できる年齢になったらまた仕事したい。でも低学年だとまだひとりで置いておけないし、帰りも早いからそんな都合のいい仕事なかなかなくて」

優奈、真智、美沙緒、虹子がかわるがわる発言した。

「あらあら、みんな世の中知らないのねー。働かなくちゃならない人は、保育園や学童保育に預けて仕事続けているのよ。結婚や出産で退職するなんて、ある意味恵まれてる。よくいるじゃない。子どもを預けてまで働こうとは思わない、なんてしれっと言う母親。そういう人は、子どもにべったり付き合えばいいのよ。気がすむまで育児すればいい。遠からず子どもから鬱陶《うっとう》しがられる日がくるし、その前に自分の育児ノイローゼが先かも。だけどもっと最低なのは、家事と育児に影響ない範囲でなら働いてもいい、なんてえらそうに言う夫ね。

雇う方の立場で言わせてもらうと、その程度の覚悟の人は働いてほしくないのよ、はっきり言って。まあ、そうやって夫の顔色窺《うかが》ってる主婦はパートだって続かないんだから」

満ちるは一気にまくしたてた。四人は先生の教えを乞う生徒のように神妙に聞き、時に相《あい》槌《づち》をうった。

「私、姑から言われたわ。パートやってもいいけど、家事と育児をきちんとこなして余った時間なら働いていいって」

虹子がぽつりとつぶやくように言った。

「余った時間なんてあるわけない。いくらやっても際限ないのが家事と育児」

「お姑さんが？　よく言うわよね。女の敵は女なのね」

「でも虹子さんのとこは、ご主人は理解あるでしょ」

「ええ、まあ。だから高学年になったら働こうかなって」

「姑なんかじきにくたばるから。言わせておけばいいのよ」

また満ちるがずばりと言いにくい言葉を吐いた。

「それがやたら元気でぴんぴんしてるの。弱ってくるのを待ってたら、うちの子もう大人になってる」

「あー、そうか。うちは旦那がずっと年上で、結婚した時に姑もだいぶ年がいってたから。

私の言うことやすることに文句言ったりしなかったけどね」

「気の強いお姑さんだったら、満ちるさんとすごいバトルがあったでしょうね」

「そうね。旦那が浮気して家に帰ってこなくなったのも、結局は鬼嫁のせいだってことにされそう。冗談じゃないわよ。従業員に手を出すって、よくある話だけどさ」

満ちるの夫は六年前に事務担当の女性と浮気して、一度は完全に家を出た。満ちるは離婚を覚悟し、良い条件で別れるために弁護士に相談したりと準備をしていたが、半年も経《た》たないうちに戻ってきた。夫への愛情はとっくに消えていたが満ちるは彼を受け入れた。子どもたちのためと経済的なことが理由だ。怒りにまかせて離婚するより妻の立場を利用した方が利口だと踏んだのだ。夫が浮気者とあれば妻のわがままは大目に見てもらえるというメリットもある。

夫と愛人は二十歳近くも年が離れていて、彼女も激情型らしく年中別れたりヨリを戻したりを繰り返している。夫は女に飲食店を経営させて、それなりに繁盛しているようなのだ。

「今もご主人、ほとんどあちらに行ったきり？」

「週に半分ぐらい。いっそ帰ってこない方が楽なんだけどね。やっぱり子どものことを気にしているみたい。息子たちは親父のことなんか何とも思っていなくて、ろくに話もしないけど」

「あちらにはお子さんはいないのね」

「いない。うちの旦那は子どもはもういらないって、はっきりしているのよ」

「でも、ある意味お互いすごく自由な夫婦よね。割り切っているっていうか」

「ええ、割り切ってる。お互い、相手に期待していないもの。だから最近は顔合わせても喧嘩さえしないんだから」

「そうやって同じ屋根の下で暮らすってどういう感じなんだろう。ちょっと私には想像できないけど」

「平和な家庭生活を送っている幸せな奥さんにはとても想像できないと思うよ」

満ちるは自分に視線を送っている四人を顔をひとりひとり見つめながら言った。彼女たちは満ちるの経済状況や自由な暮らしを口ではうらやましがってはいても、心の内では夫に浮気され愛のない夫婦生活を営んでいる気の毒な妻と思っているのだ。そして夫に愛されている自分はこの人よりずっと幸せなのだと確信しているにちがいない。

「満ちるさん、年下の恋人とはまだ続いているんでしょ？」

「はい、残念ながら続いてまーす」

満ちるは笑いながら返した。夫に浮気されている妻なのだから愛人のひとりぐらいいても罰は当たらないだろう、と満ちるはおおっぴらに公言している。夫も気づいているだろうが、もちろん非難できる立場ではない。

「頻繁に会ってるの？　どのくらいのペース？」

「ペースなんて決まってない。三日連続で会う時もあれば一ヶ月ぐらい会わない時も。気まぐれよ」

「いいなあ、そういう気ままな付き合いって。相手に拘束されないっていいわよね」

「それは私の方がずっと年上で、立場が上だからできるのよ」

「おまけに彼が満ちるさんに惚れている、と」

「ぞっこんなんだ」

「まあ、ね」

「イタリアンのシェフなんでしょ？　若いのにお店任されていてすごいわよね」

「雇われシェフだけど」

「きっと格好いいんでしょうね。出会いのきっかけは？」

「私が初めて店に行った時、彼が料理の説明をしに奥から出てきたの。ルックスが割りとタイプだったし、料理がとても美味《おい》しかったから……ちょっとナンパしてみたわけ」

「え、その日にすぐ？」

「そうよ、私はとってもせっかちなの」

「すごい、ドラマみたい」

「私はね、割り切ったっていうか……けっこう距離を置いた付き合いでいいと思っていたんだけど、彼の方が……」

「のめり込んできたのね。満ちるさん年下からもてててカッコいい」

実はきょうも昼間彼と会って熱い時間を過ごしてきたばかりなのよ。時間をかけて汗まみれになって交わったわ……と自慢したいのはやまやまだが、これ以上平凡な主婦たちの嫉妬と羨望の的にはなりたくなかったので黙っていた。

ひとりがドリンクのおかわりに席を立つと、他の三人もぞろぞろと続いた。マシンで淹《い》れたコクのないコーヒーや、濃縮を水で割るだけのアイスティーやジュース類などよく何杯も飲めるなあ、と呆《あき》れながら満ちるは彼女たちの後ろ姿をぼんやり見つめていた。

ドリンクで喉を潤した後、四人の他愛のないおしゃべりは勢いを増し、満ちるはすっかり退屈していた。たいして面白くもないジョークに声を高めて笑ったり大袈裟《おおげさ》に反応するのが苦手なのだ。会話の主導権を奪い返すこともできたが、少々疲れてきたのでトイレに立った。

個室に入って便座に腰掛け、ため息をついた途端に股間からどろりとした、卵の白身を思わせる粘液が溢《あふ》れ出した。

「いやあね、今ごろ」

満ちるは下腹部に力を入れて、若い愛人が満ちるの体内にたっぷりと放出したエキスを排出した。思い出すとまた体の芯が熱くなってくる……。

「ダメだよ。それ以上したら、がまんできなくなるから」

祐二《ゆうじ》は顔をしかめて満ちるの右手を遮った。

「あら、よくないの？」

「ちがうよ、気持ちよすぎて……ああ、もう本当にダメだ」

ソファに仰向けになったまま祐二は小さくのけ反った。ジーンズのファスナーが全開になり、満ちるの右手はその中をまさぐっていたのだ。Tシャツの裾もまくれ上がって引き締まった下腹が顔をのぞかせている。少し色黒だが滑らかでつややかな若い肌だ。

「ふふっ、こんな狭い所でこんなに大きくなっちゃって。息苦しそう。自由にさせてあげたい」

満ちるは目尻に細かい皺《しわ》を寄せ、いたずらっぽく笑うとジーンズと中のトランクスをまとめて一気に膝《ひざ》までずり下ろした。ぶるんっと、いかにもフレッシュな肉のスティックが飛び出してきた。鮮やかなピンク色、すんなりとした形だが長さも十分すぎるほどのサイズのそれが、濃い繁みの中から屹立《きつりつ》していた。

「元気ね。私の玩具《おもちゃ》……可愛くて、食べたくなっちゃう」

満足そうに目を細めて顔に近づけると、根元を掴んでぺろりと舌でひと掬《すく》いした。

「あっ、あああ、早く咥《くわ》えて」

「そんなに焦《あせ》らないで。じっくり味わいたいんだから」

「ねえ、満ちるさん、もう何本ぐらい咥えたの？」

「いやあね、そんな下品なこと訊かないの」

「旦那に浮気されて五、六年経つんだろ。仕返しに浮気したんじゃないの？　行きずりも含めたら、けっこうな数だろ」

「何でそんなことに拘《こだわ》るの？　どうだっていいじゃない」

満ちるは知らん顔で、先ほどより長く舌を伸ばして根元から先端まで大きく舐《な》めあげた。

肉棒がびくっと震える。

「訊いたっていいだろ。相当に経験積んでいないと、こんなに上手いはずないと思うんだけど」

「夫に仕込まれたのかもしれないじゃない」

「え、ほんとに？　そして今は愛人を仕込んでるのか、すごいな」

「旦那の話なんかやめましょ、こんな時に」

満ちるはひらひらと舌を動かしながら、同時に指先で幹をなぞったり軽く締めたりして弄《もてあそ》んだ。

「ああんっ、これ、好きよ……」

「フェラが好きなの？　それとも俺のモノが？」

「……両方」

「あっ、たまんない。少し休憩しないとこのまま出しちゃいそうだよ」

「まだちゃんと口に含んでもいないのに。しょうがないわね」

「満ちるさんのテクがすごすぎるから。吸われたら、一気に出ちゃうよ」

「それは困るわ」

「だから……ねえ、服なんかさっさと脱いじゃいなよ」

祐二はすばやく満ちるの背中に手を回してワンピースのファスナーを下ろした。質のいいシルク生地がすとんと落ちる。中からいかにも外国製といったシックなパープルのブラと揃いのパンティが現れた。スリムだがしっかりとメリハリのある満ちるのボディをきっちりと包んでいた。

「大人っぽいね、その下着。似合ってるよ。でも、ちょこっとおっぱい見せて」

「見るだけでいいんだ」

満ちるはからかうように言うと、右側のブラの肩紐を下ろしてカップをずり下げた。ぽろんっとボリュームのある真っ白な乳房がこぼれるように顔を見せた。

「ほら、これでいい？」

祐二は反射的に満ちるをソファに押すと、すぐさま倒し乳房にしゃぶりついていった。

「あらあら、あんまり必死にならないで。そっとやさしく吸うのよ」

彼は乳首に吸いついたままこくんと頷いた。本物の赤ん坊のようにチュッチュッと小さく音をたてながら規則的にせっせと口を動かした。

「赤ちゃんみたいに吸うのね」

「好きなんだ……ああ、こっちも」

祐二はブラをむしり取るようにはずして床に捨てた。目の前にさらけ出されたふたつの肉塊を満足げに眺めると、先ほどとは別の乳首を口に含むのだった。空いた方の乳房は彼の掌に包まれ揉《も》みしだかれた。

「ん、ううん……」

満ちるは胸に顔を埋めるようにして吸い続ける祐二の頭をぎゅっと抱きしめた。しばらく美容室に行っていないような、無造作に伸びた固い髪が満ちるの肌をくすぐる。

「はぁ……いい感じ……」

彼は口の中で器用に舌を動かして、ころころと乳首を弄び始めた。舌先でなぶったり、時々強く吸ってみたりを繰り返している。

「か、感じちゃう……」

満ちるはさらに力をこめて祐二の頭を抱いた。すると彼は揉んでいた右手を素早く下方へ滑らせ、下腹からパンティの中へともぐりこませた。

「あんっ……」

「すごい。ぐしょぐしょだ。もう液が滲み出してるよ」

「だって、感じるんだもの」

「胸を吸われただけでこんなになるんだ」

「そうよ。祐ちゃんのやり方がすごく感じるの。おっぱい好きなだけのことはあるわね。上手すぎる……」

「ははっ、褒められちゃった」

祐二は笑いながらも、舌先で乳首をつついたり乳輪を舐めたり休むことはなかった。満ちるの乳首は先ほどからぴんと立ち上がって、唾液で濡れて濃いローズ色に光っていた。

「いろいろな人のを吸ったんでしょうね。こんなおばさんので悪いわね」

「あ、ちがうんだ。若ければいいってもんじゃないんだよ。若い子のおっぱいって、案外固くてさ、ポッチも小さくて物足りないし、あんまり好きじゃない」

祐二は急に顔を上げて言った。

「若い子って、いくつぐらい？」

「十七とか」

「ええっ、二十八にもなって高校生と寝るの？」

「もっと前の話だよ」

「いやあね」

「あれ、満ちるさん嫉妬してんの？　十七って言っても遊んでる子だから三十女と変わらなかったよ。アソコもゆるかったし」

「生々しいわね。でも十代なら体も肌もきれいでしょ」

「それは、まあ……ぴちぴちっていうか」

「いやらしいわね」

満ちるは彼の髪を触っていた手を思わずはずした。自分の娘ぐらいの年の女の胸にしゃぶりついたり、上に乗って必死で抜き挿ししている祐二を想像すると、体の奥の方がカッと熱くなるようだった。彼がそんな年端もいかないような子と交わること自体、許せない気がした。

「何度もあるの？」

「そんなにないよ。そういう若い子は、おっぱい吸われたりするのあんまり好きじゃないし、逆にキモいとか言うんだ。とにかくハメたいだけなんだから」

「祐ちゃん、女子高生にキモいって言われたんだ」

「ん、まあ……」

途端にバツが悪くなったのか、再び満ちるの胸に顔を突っ伏し無精髭の生えた頬を擦《こす》りつけた。そんな仕草が可愛くてたまらず、また抱きしめてしまった。

「私のだったら、いくらでも吸っていいのよ。すごく感じるから」

「だよね、濡れ方がハンパじゃない。もうぐっしょりだよ。これ、脱いじゃえ」

つるりとしたシルク生地のパンティは、彼の指先でいとも簡単に下ろされた。そして彼は満ちるの下腹部に顔を近づけた。

「すごい、ここ汁が滴ってる」

「はあんっ……そんなに見ないで」

満ちるはソファの上で身をくねらせた。顔を背けたものの股は閉じようとせず、だらしなく広がっている。

「……たまんないな」

祐二はソファから降りて床に座りこみ、M字形に開いた満ちるの股間に顔を埋めた。

「あっ、あああ……」

いきなり性器に口をつけられて、満ちるはびくんっと反応した。これ以上は反れないというほど高々と胸を突き出した。

「乳首が、ぴんぴんに立ってるよ」

彼は、犬のように大きく舌を使ってヴァギナを舐めあげながら、手を伸ばして乳頭をつまんだり指で弄んだりしていた。

「すごいよ。濃い汁がどくどく溢れてるんだけど、そんなに欲しいの？」

「だって、感じちゃう」

「たとえば、ここととか？」

祐二は舌を尖らせて狙いを定めた。濃いピンク色をした肉芽を見つけ出し、一気に舌で突いたのだ。

「ひっ、ひぃぃぃぃ」

思わず膝を閉じようとした満ちるの足を押さえつけ、祐二は濡れそぼっている花芯に唇を密着させるといきなり強く吸引した。

「や、やめて。おかしくなっちゃう。口だけでイッちゃいそうになるわ」

「それはダメだよ。僕は初めての時、満ちるさんに口だけでイカされたけどね」

祐二はせっせと舌を動かしながら股間から満ちるを見上げた。

「ふふっ、あの時の祐ちゃん可愛かった。思わず私の口の中で出しちゃったのよね」

「満ちるさんのフェラが上手すぎるから、がまんできなくてさ」

「祐ちゃん、あの時は初デートで緊張してたでしょ？」

「うん、それなのにいきなり咥えられて、すごいなって思った」

「そう、私、すごいのよ」


祐二と初めてベッドインした時、満ちるは前戯として彼のペニスにすぐさま喰らいついた。初めての相手にいきなりフェラすることなどこれまで経験がなかったが、目《ま》の当たりにした若くてみずみずしい、そして頼もしいほど雄々しく勃起した肉杭を思わず口にしたくなったのだ。

舐めるとその皮膚の感触や熱さや、そして何よりその固さに心を奪われた。サイズ的にも申し分ない。根元をしっかりと握りしめ、夢中で舐めたり吸いあげているとものの五分も経たないうちに、あっけなく発射してしまったのだ。それまで低いうめき声はあげていたが、まさかそんなにすぐ果てるとは。

「……ごめんね、出ちゃった」

満ちるは咥えたまま視線を上げて見ると、祐二は申し訳なさそうな表情をしてそれから手で顔を覆った。その仕草がたまらなく愛《いと》おしくて、満ちるは口中に放出されたエキスをごくりっと飲みこんだ。

「ああ、そんなことまで」

「いいのよ」

満ちるは管中に残った最後の一滴まで吸いあげてから、ようやく離した。しばらくはそびえていた肉柱も、次第にぐにゃりと力を失い下腹に落ちてだらしない肉塊となった頃、祐二はすでに寝息をたてていた。

部屋にくる前にかなりワインを飲んでいたし、軽い鼾《いびき》までかいているのですぐには目を覚ましそうもなかった。口に含んで無理やり大きくし、満ちるが上に乗って腰を振れば何とか合体できるかもしれない。だがそれは満ちるの望むところではない。

素っ裸のままベッドで大の字になって寝ている祐二に毛布を掛けてやってから、満ちるは静かに部屋を出た。片胸を吸われただけだったが、さっと引き上げることにしたのだ。彼から連絡させるにはその方が効果的だと踏んだからだった。

案の定、翌日の昼前に早くも電話がかかってきた。

「ひどいな。あのまま帰るなんて」

「私、一応主婦で母親なのよ。どんなに夜遊びしても、みんなが目を覚ます前には家に帰ってないと」

「起こしてくれたらよかったんだよ。目が覚めたらいないんだもの。捜しちゃったよ」

不満そうに唇を尖らせている祐二の顔が目に浮かんだ。

「よく寝てたから」

「あれで終わりなんて、それはないだろ。僕、恥ずかしくってしょうがないよ。ちゃんと最後までできなかった上に、あんな形で終わるなんてさ」

「気にしなくていいのよ」

「軽蔑してない？　名誉挽回させてほしいよ」

初めて手合わせする女に性器をしゃぶられ五分で口中発射してしまったことを、よほど恥と思っている様子だ。満ちるは若さゆえのしくじりとしか捉《とら》えていないのだが。

「あれも生理現象だから、仕方ないんじゃない？　若いんだし」

「今度こそちゃんと最後までやらせてよ。満ちるさんを満足させたいんだ」

「あらまあ、頼もしいこと」

「それで、今夜時間あるかな。ぜひ、リベンジしたいんだけど」

「ええっ、今夜？　それは無理だわ。私、子持ちの主婦なんだから。連日夜遊びなんて、できない」

「そうか……じゃあ、できるだけ早く」

一週間後に再び会った時は、祐二の部屋ではなくラブホテルにした。二人ともやる気満々だったし性行為に集中したかったからだ。声の大きさなど気にしたくないし、シーツが汗や体液で思いきり汚れても頓着しないですむ。

祐二は乳房への愛撫を軽めにした後、すぐさま正常位でのしかかってきた。花びらに逸物を突きたててくるのだが、滴るほどの蜜液のせいで先端が滑ってなかなか命中しないのだ。

「あれ、おかしいな」

「焦らなくていいのよ」

満ちるは年上らしく、そっと幹を摑んで花園の入り口へ誘導してやった。

「あ、あああ……入ってく」

「もっとよ、もっと深く。根元まで完全にハメちゃって」

満ちるはわざと下品な言葉遣いで自分も、そして彼も興奮するような言葉を口走った。

「突いて。アソコが擦り切れるぐらい、うんと突いてちょうだい」

「よしっ、ひいひい泣かせてやるから」

とは言ったものの、祐二は五分ほどで終わってしまった。体位を変える暇もなく、満ちるの膝を抱え単純にピストンを繰り返しただけで果てたのだ。満ちるはまだ声を出してもいなかった。

「ああ、ごめん。またやっちゃったよ。俺、初回はもたないんだ。でもすぐ立ち直るし何回でもできるから」

「ほんと？　頼もしい」

満ちるの体からずるりと引き抜いた肉茎は、女液にまみれててらてらと赤黒く光り先端がひくひくと動いていた。満ちるはすぐにでもしゃぶりつきたいのを堪《こら》えていた。

彼の言葉通り、二度目三度目は最初より長持ちしたし、満ちるが口に含んでもすぐには射精しなかった。おかげで存分に味わうことができて満足だった。本当に、形といい色艶といい、形状も含めて申し分のない男根だ。おまけにコチコチに固くて棍棒のようだった。

「満ちるさん、俺のナニがそんなに好きなの？」

「ええ、好きよ。これ、最高」

さらさらした髪を掻き上げ、わざと口元が見えるように角度を工夫して、満ちるはしゃぶり続けた。

「旦那のよりいい？　今でもしゃぶったりするの？」

「あんなモノ、もう長いこと口にしてない。ひと舐めの価値もないわ」

満ちるは吐き捨てるように言った。このタイミングで夫のペニスなど思い出したくもなかった。

「愛人にフェラしてもらっているのかな」

「知らない。知りたくもないし。私は私でしゃぶっているから、いいのよ」

二十歳以上も年下の愛人を囲っているのだからフェラぐらいさせているだろう。夫はとっくに五十を過ぎているので、だいぶポテンシャルは落ちてきているが、若い女と交わることで春を取り戻しているのかもしれない。

満ちるは腹だたしさを紛らわすため、幹を咥えたまま勢いよく唇を上下にスライドさせた。口でのピストンは効果的だし自分でも興奮するのだ。

「ああ、すごいな……また入れたくなってきた」

「今度は私が上になるから。任せてちょうだい」

「お馬さんになるんだ。おっぱいが触れるから俺も好きだよ」

満ちるはさっと彼の上に跨《また》がった。引き締まった腹やすべすべした胸の皮膚は、撫でているだけでも心地いい。

肉柱をむずっと掴むと自らのスリットに押し当て、それからゆっくりと腰を沈めていった。

手を離して根元が見えなくなるまできっちりと埋め込む。

「……入ってく。ああ、全部入っちゃった」

「すごい、奥の方まで届いてるわ。何かもう、突き破りそうよ」

「じっとしていないで動けよ。馬に跨がってるんだろ。ほらっ……」

祐二がいきなり下から腰を突き上げた。すると満ちるは「ひっ」と短く叫んで体をのけ反らせ、それから少しずつ腰を上下させていった。

「あんっ、いい感じ」

「うん、もっといろいろ動かしてみて」

満ちるはスティックを根元までしっかりと収めたまま、上下運動だけでなく腰をぐるぐる旋回させてきた。白くどっしりと充実したヒップが艶めかしく動く。

「ああ、それ、すごい効くな」

「見せてあげる。ほら、ここ繋がってるでしょ」

満ちるが腰を浮かせて指さすと、祐二は薄目を開けて見下ろした。

「ほんとだ。すごくいやらしい。俺のが、出たり入ったり……ああ、たまんない」

指で輪を作るようにして根元をきゅっと握ってやると、祐二は顔を歪めて喘《あえ》いだ。

「ふふっ、可愛い。感じてるのね」

満ちるはやおらピッチを上げ激しく腰を振り始めた。グレープフルーツのようなふたつの乳房が振動でぶるぶると揺れる。祐二はすかさず両手を乳房に伸ばした。

「ああ、いい感触」

彼はかなり乱暴に乳肉をわし摑み、粘土でもこねるようにぎゅっぎゅっと押し揉んだ。

「ほんとに、おっぱいが好きなのね」

満ちるは乳房の先端が祐二の胸や顔に軽く触れるように擦っていった。

「くすぐったい？」

「うん、でもたまんない」

乳頭は固く膨らんで小指の先ほどになっていた。激しい腰の動きは止めていたが、ゆっくりとさらに深く挿した。

「もうダメだよ。これ以上がまんできない」

祐二は急に上半身を起こし、繫がったままの状態で満ちるを抱き寄せた。

「あ、この姿勢もいいわね。向かい合って抱っこしているみたいで」

彼は答えもせず満ちるの腰を両手でしっかりと抱いたまま、下から激しく突き上げてくるのだった。

「あんっ、す、すごい……強い、強すぎる……」

「どう？　深く、入ってるだろ」

「あ、ああんっ、どうかなりそう……」

再び重たい乳房が下からの突き上げのせいで揺れ始めた。先ほどより小刻みに上下し、祐二の顔の前で激しく振動した。

「……いやらしくて、たまんないよ」

ついに彼は満ちるを後ろに押し倒した。そして目にも留まらない速さで腰を上下させるのだった。結局、最後は挿入してひたすらピストンを繰り返す……ことが射精に繋がる単純行為なのだ。しかしたとえ力まかせでも、若いエネルギーは素晴らしい。ほのかに漂う体臭までもが愛おしく感じられるのだった。

祐二はその晩、あまり時間を置かずに五回戦まで行った。先に音を上げたのは満ちるの方で、体は汗まみれシーツは体液で湿っていた。リベンジは十分すぎるほど果たせた。

「もっとできるのにな」

「もうけっこうよ。アソコが擦り切れちゃいそうだもの」

「そうかぁ？　まだ濡れ濡れなのに残念だな」

「祐ちゃんももう出るものなくなってきたんじゃない？」

「そんなことないよ。一晩で九回が最高なんだ、今のとこ。二十歳ぐらいの時だけど。満ちるさんとなら記録更新できそうだと思ってるんだけどな」

「ええっ、そんなに無理よ」

「さすがに俺も、腰が抜けそうになったけどね。でもちゃんと出たよ。最後の方はかなり少なかったし、薄まってたみたいだけど」

「いやらしいわね。そんなに何回もだれとやったの？　若い子でしょ？」

「あ、気になるんだ？　相手とか気になる？」

祐二はベッドの中でくるりと向きを変えて、満ちるの顔をのぞきこんだ。

「だって九回も相手できるなんて、体力あるんだなあって」

「若い子は痛がってダメだよ。遊び馴れてるような子はこっちが御免だし。年上で寛容で、ある程度アソコも鍛えられているっていうか……」

「人妻ね。年上でしょ」

「うん、十歳以上年上だった。子どももいる人でさ。セックスの相性も抜群だったけど、旦那にバレそうになって別れた」

「それは残念ね。その人にいろいろ教えてもらったんでしょ。セックスのハウツーを」

「それが逆でさ。彼女は旦那以外にはほとんど男性経験がなくて。俺とはバイト先でたまたま知り合ったんだけど。最初はフェラも恥ずかしがってたのに、貞淑な人妻が燃えるとすごいんだな」

「実感こもってるわね。いやらしい……」

「満ちるさんほどスケベじゃない」

「おっぱいもたくさん吸わせてもらったのね」

「もちろん」

　祐二は甘えるように満ちるの胸に顔を擦りつけてきた。そしていつの間にかまた乳首を口に含んでいる。

　満ちるは、祐二が人妻と関係した話で軽く嫉妬を感じていたのだが、母犬の乳を吸う子犬のような彼が再び愛おしくなってきた。もっと若い頃の彼はどんなだったのだろう。今でも十分若いが二十歳の頃の彼は少年ぽさが残っていたのかもしれない。

「子持ちの人妻とヤリまくったりして、いけない子」

「今も子持ちの人妻とヤリまくってるよ」

　彼の下腹に手を伸ばすと、早くもむくむくと力をつけていた。その回復力の速さには恐れ入ってしまう。

「もうおっきくなってる。でも私、もう……」

「わかってる。じゃあ、手でお願いします」

満ちるは馴れた手つきでスティックを手に取り、やんわり握りしめたり少し力を入れてしごいたりした。もう六回目なのであまり激しくすると痛いだろうと手加減した。

「ダメだよ。ちゃんと握って擦ってくれないと、イカないから」

「痛くない？」

「満ちるさんの手なら大丈夫。できたらちょっと、その下の方も……」

「ああ、わかった」

祐二の嚢《ふくろ》は毛深くはなかったがごろりと大きく立派に存在感があった。満ちるは掌に包みこむようにしてぎゅっと揉んだ。ふたつの球を手の中に感じる。

「こっちはふにゃふにゃだけど、でも感じるの？」

「タマをいじってもらうのは好きだよ」

早くも先端から透明な分泌液が滲み出してきたので、満ちるは思わずそこに吸いついてしまった。

「ああ、口の中、あったかい……アソコと同じぐらい心地いい」

満ちるは咥えたままゆっくりとピストンし、同時に指でも弄んでいた。根元をきゅっと締めつけたり、ペニスの裏側を指先でなぞったりしていた。

「ううっ、たまんない。イキそうだ……」

「このまま出してもいいわよ」

「いや、出るとこ、見てて」

六回目の射精はさすがに力も弱まっていたが、二度ほど噴射があった。初回に比べると半分ぐらいの量で濃度も薄そうな半透明だったが、それでも体が反応するのだから健気だ。彼が望むなら一晩十回の記録に挑戦するのも悪くはないかな、などという考えが頭をよぎったぐらいだった。


「ねえ、満ちるさん。満ちるさんたら、どうしたの？」

耳元で甲高《かんだか》い声が響いたので、満ちるはハッと我に返った。煌《こう》々《こう》と明るいファミレスの照明が目に染みるようだった。

「え、少しぼうっとしてただけよ。仕事であちこち飛び回っていたから、ちょっと疲れちゃったみたいで」

満ちるはあわててごまかした。四人のおしゃべりがあまりにくだらなくて、現実から離れるためつい夢想していたのよ、とは彼女たちがいくら能天気とはいえとても言えない。

「そんなに忙しくて、彼氏と会う時間はしっかり作るのね」

「わあ、それで疲れちゃったんだ」

「具体的にどこがどんな風に疲れたのかしら？　知りたーい」

「えっ、何かそれって、いやらしい……」

優奈、美沙緒、真智、虹子の四人がかわるがわる質問してきた。少しの間ぼんやりしただけなのに、すぐ足下を掬われるのだ。

「あなたたちが知りたいことってアレでしょ、セックス」

ずばりと直球を突きつけられて、四人は一瞬少し引いたが目の輝きは増すばかりだ。

「満ちるさんが嫌じゃなければ、少しだけでも聞いてみたいなって」

「だって私たちが到底できないこと、してるんですもの」

「主婦の憧れよね」

「興味あるー」

一見羨《うらや》んでいるように見えるが、彼女たちはそれほど単純ではない。自分たちは幸せな家庭を築いて継続させ、それに満足しているという優越感が満ちるにはそこはかとなく感じとれた。とっくに破綻《はたん》した愛のない結婚生活を送っていて、それでも離婚していないという最悪の状況を、実は憐れんでいるのだ。自分たちは愛する夫と子と幸せな生活を送っている、という余裕から生まれる発言だ。

「そんなのべつにたいしたことないわよ。それよりあなたたちの夫婦生活の方がよっぽど興味あるんだけど、私には」

逆に話題を振られたので、四人はお互い顔を見合わせた。

「ごく普通よ。何の変わりばえもしないっていうか……」

「子どもが生まれてからは回数も少なくなってるし……」

「完全にルーティンワーク、かな……」

「面白いことなんて特にしてないと思うけど……」

語尾が不明瞭な、こういった物言いが満ちるは嫌いだった。お互いにどう返事をするか探り合っているのだ。決して自分からはっきりと意見や感想を述べたりはしないし、ひとりだけ人と違うことを発言することもない。そういったつまらない協調性がママ友という絆を作り上げているのだが。

「そこよ、そこ。みんなが普通だと思っていることぐらい、実は千差万別なことってないのよ。何がノーマルかなんてだれにもわからないし、基準だってないようなものじゃない。夫婦のセックス、週一ぐらいが普通なの？　正常位で十五分程度がノーマル？　口や手を使ったりする？　体位のバリエーションはどのくらいある？　三パターン？　それとも十パターン？」

満ちるはひとりひとりの顔を確認するように見ながら言った。

「ねえ、満ちるさんのところは、ご夫婦の間ではもうないの？　ご主人、週に半分は家に帰ってくるんでしょ？　そういう時に、あったりするの？」

こちらの質問を逆に質問で返された。だれかが代表して物を言う時は、いつも年長者の真智と決まっている。猫に鈴をつけに行く役割なのだ。優奈と虹子と美沙緒は興味津々といった様子で目を輝かせ頷くだけだ。

「あ、うち？」

不意打ちを喰らって少し戸惑った。

「そうよ。まずは満ちるさんからお話ししてくれないと」

「うちは……全然ないってわけじゃないけど」

満ちるにしては珍しく口ごもった。

「どういうこと？　たまにあるの？　それってどういう時？」

「旦那さんから求められるとやっぱり断れないのかな？」

「よそに愛人がいても夫婦生活は前と変わらない？」

「お互いまだ気持ちが残っていることを確認するためとか？」

また矢継ぎ早の質問が始まった。予想もしていなかった展開になったので、満ちるは少し動揺していた。

　実は、夫とも一応の性交渉らしきものがあるのだ。らしきもの、というのは夫婦間のルールというかやり方が決まっていて、それは夫婦の長い時間の中で出来上がってきたものだ。それをこの四人に説明する根気はないし、理解してもらえないだろう。

　夫と満ちるの間の独特の方法とは……つい三日前にもあったことだ。


　満ちるはベッドの中で何やら動くものを感じて目を覚ました。一瞬、ここが自宅であることを忘れて、祐二が満ちるのネグリジェの裾をまくっているのかと勘違いしたぐらいだ。

「あ、あなた……」

「うむ……起きたか」

　白髪まじりの頭が満ちるの脇腹に触れた。短くて固い髪質は、祐二とは異なり肌を刺激する。

「何なの。今、何時？」

　満ちるは彼の体から離れようとしたが、腕が満ちるの胴に絡みついてきた。

「さあ、六時前かな」

　満ちるは眠かったのだが、夫はパンティに手を伸ばしあっという間に引きずり下ろしてしまった。

「んもう、やだわ。こんなに早い時間に……」

「すぐすむから。君は後でまた寝ればいいだろ」

すでに彼は満ちるの股に顔を押し当てていた。そして舌で器用にスリットをこじ開け中にするりと忍びこんできた。満ちるはまだ全身が眠気に包まれて頭もぼうっとしていたが、その部分だけがぴくっと反応した。固い髪が太股《ふともも》の柔肌に触ってちくちくする。

「舐めてるだけだから」

まるで小さな蛇のように花びらの中をくねくねと器用に動き回る舌が、敏感な箇所をじわじわと刺激していった。

「あん……」

「気持ちいいだろ。俺のクンニは最高だからな」

股ぐらから顔を上げて言った。自画自賛は白けるが、それ以上に彼の舌技は右に出る者がいないぐらいのテクニックなのだ。満ちるの体を知り尽くしていることもあるが、微に入り細に入りキメ細かく刺激してくるのだ。舌がまるで別の生き物のようで、犬のように雑に舐めあげたかと思うと、ピンセットでつまんでいるような繊細な動きをしたり……満ちるはたまにこの快感を味わいたくてたまらなくなる。この時ばかりは夫が浮気していることは目をつぶり、されるままに身を任せるのだった。

「真珠がもうぷっくり脹《ふく》らんでるぞ」

「ああ、すごい……」

彼はクリトリスを集中的に責めたりはしないのだが、時折軽くつつくだけで十分なほど効果があった。満ちるはすでに体をくねらせている。

「ここは、感じすぎるんだよな？」

答えを聞かなくても反応を見ていれば一目瞭然だ。先ほどまで熟睡していたのに、今は顔を赤らめ息づかいも荒くなってきている。

「刺激しすぎて白目を剝《む》いて失神しかけたこともあったなあ」

「そんな……昔の話よ」

夫に愛人ができるまでは、夫婦は頻繁に同衾《どうきん》していたしセックスもあれこれチャレンジしたり工夫していたのだ。満ちるは本当に、彼の口と舌だけでイカされたことが何度もあった。

「おお、すごいぞ。裂け目から蜜がどくどく溢れ出してる」

「だって感じるんだもの」

彼は、満ちるの花唇に自分の口唇をぴったり当てると、勢いよく啜《すす》りあげた。

「あぁっ、やめてぇ、感じすぎちゃう」

舌先を無理やりスリットの中に押しこんできたかと思うと、ちょろちょろとよく這《は》い回った。そしてごくたまに、まるでそれが偶然のように、敏感な肉芽をとらえて軽くなぶりながらつつくのだった。

「あ、ダメ。そこはダメだってぇ」

満ちるは喘ぎながら全身を引き攣らせていた。顎を突き出し胸は弓なりに反らせ、だらしなく広げた両足も膝がひくひくと震え足指は反り返っていた。

「あんっ、いやいやいやっ……」

一瞬、満ちるの動きがぴたりと止まった。全身が硬直し息もしていない。

「ふんっ、イッてるな……」

夫はようやく顔を上げ、正体を失っている妻を見下ろした。彼の顔は上気してまるで赤鬼のような形相だったが、口の周りは唾液と満ちるの流した体液で濡れ光っていた。

ようやく呼吸を取り戻した満ちるはまだ目も開けられず、体もこわばったままだ。

「さあ、今度は俺の番だよ」

彼はぐったりしている満ちるを裏返すと、無理やり四つん這いのポーズを取らせた。あらかじめ予想がついていたのか、満ちるは自分からネグリジェの裾をまくって白く光るヒップを差し出した。

「膝の間隔をもう少し開けて。そう、そうだ。こっちも可愛いがってやらないとな」

彼は満足そうに薄笑いを浮かべ、そしてゆっくりと桃の割れ目に顔を近づけていった。

「ああ、よく見える。周りの色が濃くなっていて、ひくひくしてまるでイソギンチャクだな、このすぼまり」

彼はまたもや舌を突き出して小さな菊門をつついた。「ひっ」と叫んで満ちるの手足がこわばった。

「いっぱい舐めてやるから」

とはいえ夢中になっているのは彼の方で、満ちるはじっとされるままになっていた。こちらの穴は愛人には要求しづらいのか妻との交渉時だけのようだ。

どこの夫婦にも必ず秘密があるとすれば、香山夫妻の場合はこれかもしれない。二人はもう何年もの間、挿入を伴う性交はしていない。手と口を使うだけなのだ。その方が手っ取り早く欲求を満たすことができるから、というのが理由だ。

夫は満ちるのアナルを舐め、手で皺を広げたり指先を入れてみたりして、ひとしきり弄んだ後、入り口に肉柱を擦りつけてイクのだ。

「あっ、あああ……もう出そうだ……」

彼は自らの持ち物を摑むと、先端を満ちるのすぼまりに押し当てた。以前そのままインサートしようとしたが、満ちるが悲鳴をあげて抵抗し子どもたちが目を覚ましたので、それ以来無理な要求はしなくなった。

「なあ、ちょっとだけ、ダメかな？　先っぽだけでもこっちに入れたらまずいかな」

夫は猫なで声で遠慮がちに尋ねた。

「ダメっ」

満ちるは四つん這いのまま振り返って睨《にら》みつけ、きっぱりと拒絶した。

「そんなに後ろでしたいなら、愛人さんに頼んでさせてもらえばいいじゃない」

「いや、それはその……」

変態扱いされるのが嫌なのだろうか。どうやら若い愛人にもアナルセックスを要求することができない様子だ。

早く終わらせてほしい……満ちるは特に気持ちよくも何ともないのだから。

「ああ、ここ。ここに入れたい」

しかし彼は、丸くて固い先端をすぼまりに擦りつけた状態でフィニッシュしてしまった。

精液がだらりと満ちるの太股を伝わってシーツの上に落ちた。

「ティッシュ。早くティッシュをちょうだい」

方法はどうあれ、お互いの欲望が満たされたらもう相手に用はない。

夫はティッシュを箱ごとベッドに投げてよこした。そしてさっさとシャワーを浴びにバスルームに消えていった。

第二話　今夜二番目の客

「それじゃ、次は美沙緒さんの番よ。みんな聞きましょう」

満ちるがガラス製のマドラーでワイングラスを軽く叩き、皆のおしゃべりを中断させた。

遂に順番が回ってきてしまった、と美沙緒は覚悟を決めた。酔った上でのトークなので適当に冗談で返せばいいのかもしれないが、不器用な美沙緒にはそつなくこなすことができない。

「さあ、美沙緒さんちの夫婦生活のすべて、全告白。じゃーん」

満ちるはすでにワインをグラスで三杯ほど空けていたので、頰にはやや赤味が差し、声もファミレスにいた時より一段高くなっていた。カウンターの中で黙々と仕事に励んでいる、黒いベストを着た初老のマスターがちらっと視線を上げてこちらを見た。

「ルアン」には、ボックス席に満ちるたち五人がいるほか、カウンターにひとりで来ている男性客が二人と、奥のボックス席にカップルが一組いるだけだ。アンティーク調の造りの落ち着いたインテリアと、緞帳《どんちょう》を思わせる真紅の重いカーテンが、外の世界を遮断している雰囲気の店だ。マスターの他には従業員の若い女性がいるが、ひとりできている馴染《なじ》み客の隣についているので、美沙緒たちの席にはグラスとワインを運んできただけだ。

「あの……うちは特にその……お話しするようなことは何もないんだけど」

美沙緒は酒に弱いので、最初にビールをコップに半分ほど注いでもらっただけで、後はノンアルコールのカクテルを飲んでいた。他の四人は量の差はあってもワインを口にしていたので適度にアルコールが回っていたが、美沙緒だけはしらふだった。

「結婚何年目？　夫婦生活の頻度は？」

「得意種目ってあるの？」

「一回にかける時間は？」

「これまでしたいちばんアブノーマルなセックスは？　詳しく話しなさい」

満ちるが口にした最後の質問に、虹子と真智、優奈がぷっと吹き出した。自分の番の時に、そんな質問がされなくてよかったと思ったのかもしれない。

「そ、そんな一度に話せない」

「ひとつずつゆっくりでどうぞ」

「ええっと、結婚して今年で九年目です。二十四歳の時に結婚しました。夫は会社の先輩で、三つ年上です。翌年に長女が生まれたので私は仕事を辞めて……平凡ですが特に不満はない結婚生活です……」

美沙緒は何とか話し終えた。緊張しているのか長めのボブの髪をしきりに手で触っていた。化粧も薄いのでとても若く見える。

「何それ。そんな話はもうみんな知ってるし、改めて聞きたくない」

「あ、すいません」

満ちるにぴしゃりと言われると美沙緒は肩をすくめた。

「美沙緒さんのとこは、イケメンの旦那さんでとっても仲良しなのよねー。表向きだけじゃなくて、ほんとに仲がいいんでしょ？」

優奈に訊かれると美沙緒は小さく頷いた。

「ええ、仲はいい方だと思う」

「じゃ、夜の方もお盛んね。セックスの頻度は？」

満ちるの容赦ない質問が飛んでくる。

「盛んかどうかは……一日おきぐらい。あ、週に三回かな」

ふうん……と言いながら満ちる以外の三人は顔を見合わせた。それが結婚九年目で子どもがひとりいる三十代前半の夫婦にとって、高い頻度と言えるのかどうかお互いの反応を見ているようだ。

「そりゃ、けっこう盛んだ。だって少なめに申告したでしょ、今」

満ちるには何でも見抜かれてしまう。確かに少なめに言ったのだ。

「お盛んなのはいいことよ。うらやましいわー。ほんと仲良し夫婦だもんね」

「ほんと。うちなんかただの相方と化してる」

虹子と真智がフォローしてくれた。

「何か決まったパターンとかあるの？　給料日には必ずするとか？」

「ああ、それは……どこのうちもそうかもしれないけど、うちも……」

虹子と優奈も、少しはにかんだように頷いた。

「稼いできてくれてありがとう。だからサービスしましょう、と」

「そんなに義務的なものじゃないけど」

「そうね。美沙緒さんとこは給料日以外にもいっぱいしてるわけだし。あなたも楽しんでるのよね」

満ちるの口調にはいつもどこか意地の悪いニュアンスが含まれている。

「いいんだってー。夫婦が仲良しって美しいことよ。恥ずかしがることなんかぜんぜんない。みんな本当にうらやましがってるのよ、ねぇ？」

真智の言葉に三人が強く頷いた。もっともこの流れでは満ちるに賛同するしかなさそうだが。

「この際、ぜーんぶ話しちゃおうよ。本当はちょっぴり自慢したいことだってあるでしょ。あと秘密のこととかも」

「秘密って、なぜか言いたくなるのよねー」

優奈が意味深につぶやいた。

「そんな。秘密なんて何もないわ。ほんと、普通に仲がいいだけ」

「じゃ、二人の間のルールっていうか、習慣みたいなものは？　セックスに関してよ」

満ちるは質問の仕方が巧みというか具体的だ。

「習慣？　そうね、月曜日の朝は必ずするとか……」

美沙緒は自然な流れでさらりと答えてしまった。

「へえ、それは変わってる。サラリーマンにとって月曜日の朝って、いちばん気が重いじゃない」

「景気づけのためにしたいらしいの、うちの主人は」

「日曜の夜じゃなくて、月曜の朝するのね。じゃ、早起きするんだ」

「そんな長くしないから。ほんの二十分ぐらいですませちゃう」

「ん、ということは通常は三十分以上なんだ。もっと？」

「そうね……一時間とか。三十分はショートバージョンかな」

満ちるの矢継ぎ早の質問に、美沙緒は特に考えるでもなくすらすらと答えてしまった。だが、一時間と言った時に、他の三人と満ちるが軽く顔を見合わせたのを、美沙緒は見逃さなかった。

それが結婚九年目の夫婦にとって長いのかどうか、美沙緒には平均というものがわからない。けれども皆が目配せしているところを見ると、やはり少し長いのかもしれない。

「いいわね、そんなに愛されちゃって」

真智が微笑みながら言った。べつに嫌味ではなく心からの発言のように聞こえた。

「うちなんか、美沙緒さんとこのショートバージョンより簡単かも。情けないなあ。パパにハッパかけようかしら」

「それでもあるだけマシだって。うちなんか、そろそろセックスレス」

虹子と優奈も続けた。美沙緒はつい正直に答えてしまったことを後悔していた。

「あ、あの……そうはいってもうちの場合は……何ていうかエクササイズみたいな感覚で」

「いいじゃなーい、スポーツ感覚のセックスって。それはそれで理想的。二人でいい汗かいてるんだ」

満ちるはワイングラスを空にしながらオーバーに反応した。

「ねえ、素朴な疑問なんだけど、一時間って一体何してるの。だって恋人同士じゃないから、じらしたりなんてことはないでしょ。どの部分が長いのかな」

セックスレス気味の虹子が膝を乗り出して訊いてきた。

「しっかり前戯とかするわけ？」

「体位もいろいろ変えたり？」

「アブノーマルなこと、してるんだー」

皆だいぶアルコールが回ってきたせいか、普段は絶対口にしないような言葉が飛び出してきた。

「ちがう、ちがう。アブノーマルなことなんてぜんぜんなしよ。そんなの一度もしたことない。むしろそういうのに憧れるぐらい」

美沙緒はきっぱりと否定した。

「やってることは、ごく普通」

「でもたっぷり時間をかけたセックスなんて、愛されてる証《あかし》じゃない」

「そもそも愛のある行為なのかどうか、よくわからない」

「何よ、もったいぶらないでちゃんと話しなさい」

満ちるの鋭い追及は終わらない。

「……そうね、えーと、何ていうのかな……」

美沙緒は氷ですっかり薄まってしまったノンアルコールのカクテルをひとくち飲みながら考えた。

夫とのセックスはごく世間並みだと思っていた。今、この場で皆の反応を聞いて驚いたほどだ。他の夫婦はもっと醒めていて簡略にしかしていないのだろうか。その点で自分は恵まれているのか。

夫に愛されている証と言われたが、それも少しちがうような気がする。単に習慣なのだ。夫はどちらかというと融通のきかない性格で、頭は固い方だ。こだわり、に関しても強く執着するタイプで、自分が思い描いた工程を踏まないとイクことすらできないのかもしれない……。

「まだ、ダメだよ。そっち側も」

夫は大きな掌で包みこむようにして、ふたつの乳房を揉みしだき先端を舐めていた。右側が終わると必ず左も同じようにしないと気がすまないのだ。片方だけでやめるとバランスが悪くなるだろ、と言いながら笑ったが、彼の妙に律儀な性格がそうさせているのだ。

そうでなくてもすでに長女を出産し、母乳で育てたおかげで胸の形は崩れているし、乳頭も産前のように小さくはない。だから今さら、前戯の時に神経質にならなくてもよさそうなものだが、夫は拘りたいようだ。

右と左、交互に乳首とその周りの乳輪を舐め、吸引し揉みあげた。美沙緒が感じるからとか、性的なムードを高めるためにしているというより、決まった手順を踏むというルールが自分の中にできているのだ。

「あ、そっちはまだだから」

美沙緒が固くなりかけたスティックに触ろうとすると、彼はその手を遮った。先に性器に触れるのは自分の方なのだ。彼はパンティの中に手を滑りこませ、花弁を探ってきた。ちぢれ毛を指先に絡ませたりして弄び、スリットを指でなぞったが侵入する気配はない。下着の中でひっそり息づいている妻の性器を確認している感じなのだ。まるで「おとなしく待っていたんだね」とでも訊いているようだ。

最も敏感な肉芽に彼が手や口で触れることはめったにない。とにかく男根主義の夫は、自分の逸物で昇天させなければ納得しないのだ。

そろそろと探るように花びらに指を挿し入れてきた。しかし深く挿入するわけではなく、そこの状態を確認しているだけだ。すでに愛液が溢れているか、ただ湿っているだけか。美沙緒も以前は、乳房を揉まれたり吸われたりするだけですぐに濡れていたが、定番コースになった今ではその段階ではまだ感じない。パンティの中でわずかに湿り気を帯びている、といった程度だ。

ほんの形ばかりヴァギナにタッチした後は、すぐに自分が仰向けになった。すでにパジャマと下着は脱ぎ捨て全裸である。その体は中年太り、とまではいかないが交際していた頃よりは体重は確実に五キロ以上増えているだろう。体に厚みが増して、それが筋肉ではなく脂肪がのっていることは確実だ。こうして大の字になっていると、余計に締まりがなく見えてしまう。

「じゃ、たのむよ」

行為の最中に二人が交わす言葉も最小限だ。いつも同じ手順なので言わなくてもわかるからだ。

美沙緒は夫の下腹に手を伸ばし、半ば立ち上がりかけている肉の塊をそっと掌で包みこんだ。多少は芯があるようだが、まだ屹立はできない。しかし美沙緒が握るとたちまち肉のスティックへと変貌をとげるのだ。まさに、むくむくといった感じで伸びて、それはしっかりと力をつける。

「うむ……もっと力を入れて。下から上に向かってしごいて……」

手でのやり方も、触り方や順番、力の入れ具合など微妙な決まりごとがあるのだ。美沙緒はもう覚えてしまっているので、黙々とこなしていった。セックスの時間が長い、と言ってもそのほとんどは美沙緒が何かさせられている、といった感じなのだ。

「ねえ、少しでいいからさ。しゃぶってくれる?」

遠慮がちではあるが、フェラを要求してきた。彼が差したモノは、九十度以上の角度で反り返るようにぴんっと力強く立っていた。もうすっかり見慣れているので何も感じなくなったが、これを初めて目の当たりにした時には手で触れるのも抵抗があったほどだ。それも遠い昔のような気がする。

美沙緒は小さく息をついてから先端を咥え、少しずつ舐めていった。節目のあたりを舌でなぞるようにすると、必ず「うっ」と反応するのだ。

「もう少し深いところまで咥えて……それからゆっくり口を上下に動かして。付け根をしっかり握って」

いろいろと要求が多い。彼は美沙緒の性器を口で愛撫することなどめったにしないし、するとしてもひどく義務的だ。そのくせ自分は当然のように求めてくるのだから、何か理不尽な気がしてならない。

美沙緒は一通り夫のリクエストに応えると、もういいでしょ、と言わんばかりに口を離し唇を拭《ぬぐ》った。

「もうちょっとサービスしてほしかったけど……」

美沙緒は次の手順がわかっているので、自分からさっさとパジャマとパンティを脱ぎ捨てて裸になった。脱ぎ終わるやいなや、夫がのしかかってきて足を開かせた。

そしてそこが、すでに準備が整って十分潤っているかどうかなどお構いなく、いきなり肉茎を突き立てるのだ。蜜液が不足している時でも強引に挿してくるので、引き攣って痛みを伴うが美沙緒が苦痛の表情を浮かべたり、呻《うめ》いたりしてもほとんど気にしない。処女でもあるまいし、子どもも産んでいるのだから多少乱暴にしても壊れることはないだろう、と言わんばかりだ。

「あ、ねえ、もう少しゆっくりやって……」

「大丈夫だよ。一旦奥まで入ってしまえば……ああ、中はあったかい」

内部があたたかいのと愛液が湧き出しているのとは別なのに、夫は自分勝手な解釈で無理やり押しこんでくるのだ。美沙緒は思わず眉間に皺を寄せた。

「そら、全部入ったぞ」

それからはひたすらピストン運動が続く。汗だくになるまで腰を動かすのだ。額の汗が美沙緒の乳房に一滴、二滴と落ちる。

その間、美沙緒は死んだ魚のように仰向けになってされるままだ。自分から腰を使ったりはめったにしない。

　単純なピストンにいいかげん飽きてくると、今度は美沙緒の手首を掴んで上半身を起こす。座位の姿勢になって美沙緒の体を揺らす。下からの突き上げが激しいと後ろにのけ反りそうになるので、美沙緒は彼の首にしっかりと手を回す。

「ほら、こうすると奥まで入って、気持ちいいだろ」

　正直に言って、気持ちがいいのかどうかよくわからない。だがその段階までくるとさすがに、美沙緒の女の部分も潤ってくるので痛みはないのだが、単に肉の棒が出たり入ったりしているだけにも感じる。

「ああ、だんだんよくなってきたぞ」

　するとまた体位を変える。横になってあれこれ向きを変化させたりするのだが、呆気なくフィニッシュすることもあるし、長々と続くことも。いずれにしても美沙緒の反応などは眼中にない。自分がザーメンを噴射させて快感を得る……それ以外に関心はないのだ。

　最後はやはり正常位で終わらせたいらしい。夢中になって腰を使い激しく出し入れを繰り返すと、美沙緒の脛《すね》が夫の分厚い背中の横で振動に合わせてぶらぶらと揺れた。最後に、二度三度とこれまで以上に深く強いインサートの後、彼は妻の体に突っ伏してすべてが終わる。

　美沙緒は、汗まみれの重たい体の下から早く抜け出したいと、そればかり考えていた。荒い呼吸で上下する背中の動きが正常に戻るのを身じろぎもせずに待っていた。しばらくしてすっかり収縮した男根が女穴からぬるりと抜け出ると、彼は汗まみれの体をゆっくりと起こすのだった。

「ああ、気持ちよかった。どう、満足した？」

ちらりと妻を一瞥した彼は、そもそも質問の答えは期待していない。妻が満足感を得たかどうかなど端《はな》から興味がないのだ。シャワーを浴びるためにさっさとベッドから出た彼は、ティッシュの箱をこちらへ渡すことさえしない。美沙緒は、夫の汗と体液で汚れた体のまましばらくはベッドに横たわっているのだった。

「それって、つまりスポーツ感覚のセックスってわけ？」

腕組みをしながら美沙緒の話を聞いていた満ちるがいちばんに口を開いた。

「そう、夫にとってはそうなんでしょうね。でも何か、スポーツ感覚っていうと、とても爽やかで明るいイメージだけど、実際はかなりちがう。彼はした後、すっきりしてるみたいだけど、私にとっては楽しみでも何でもなくて、ただのお務め」

「お務めで毎回一時間は長いわよね」

「義務なら十分程度で終わらせたいかも」

「それでもあるだけマシ……とは言えないか」

「十回に一度ぐらいは気持ちいいとか、それもないの？」

皆に次々に質問されたが、美沙緒はきっぱりと返した。

「セックスが気持ちよかったのは、結婚するまでよ。快感とかオルガスムスとか、もう忘れちゃった」

美沙緒はほとんど氷水しか残っていないグラスをぐいっと空けた。

「ひえっ」

「それはちょっと可哀想」

「一度話し合ってみたら？」

「無理無理。彼を変えることなんかできないもの」

美沙緒は眉間に皺を寄せ、髪が乱れるほどの勢いで首を横に振った。

「それでも仲良し夫婦よね、美沙緒さんのとこ」

「うーん、どうなんだろう。傍目《はため》にはそう見えるでしょうね」

「そう見える」

「私がちょっと我慢して相手してやって、週に三、四回満足させてあげれば浮気もしないし、いい夫で父親でいてくれるから扱いやすい方かも」

それが美沙緒の本心だった。夫はとにかく几帳面で仕事にも真面目に取り組んでいるし、子どもの面倒もよく見てくれる方だ。たまには美沙緒に楽をさせるため、息子と二人で出かけてくれたりするし、美沙緒がこうしてママ友と夜外出する時も嫌がらずに送り出してくれる。

「どんなに幸せな家庭にも、何かしら問題はあるものでしょ。美沙緒さんのとこは、まだいい方じゃないのかな？」

真智がぽつりと言ったことに対して、優奈と虹子は頷いたが満ちるは腕組みをしたままだった。

「うーん、そうはいってもねえ。月一ぐらいだったら、何とか我慢してやり過ごせるけど、週に三、四回なんだからけっこうな頻度よね。どうせならお互い気持ちよくありたい」

「そうなんだ」

「やっぱり話し合うしかないいんじゃない？　それとなく伝える、とか」

「何度も何度もそれとなく伝えてる。でもダメなの」

「あのさ、たまには美沙緒さんがセックスの主導権を握るのよ。自分から気持ちいい方向に誘導すればいいいじゃない。そういうの、試したこと、ある？」

満ちるの提案に、三人はそうそうと首を縦に振った。

「それは、そうかも。だけど、私、うまくできるかどうか……」

美沙緒は途端に口が重くなった。性的に未熟なまま二十四歳で結婚したので、夫以外の男性はひとりしか知らない。それもごく短期間の付き合いだった。だから美沙緒にとってセックスといえば夫とすることなのだ。自分からリードするといっても、正直どうしていいかわからないのだ。映画などでたまに見かける女性主導のベッドシーンは、うっとりするようなこともあるが、あのまま現実に置き換えられるとも思えない。まして美沙緒が夫の上に乗ったり自分から腰を振ったりするなど……想像もできないのだが。

しかし満ちるのアドバイスは一理あると感じたので、何とか努力してみようか。そして夫にもう一度頼んでみよう……この事態を何とか打破したいので少しは自分からもアクションを起こしてみようと決心していた。

満ちるはトイレに立ったついでに店のマスターに声をかけ、女性の従業員とも何か会話を交わしていた。以前から行きつけの店なのかとても親しげに見えた。

「私、そろそろ時間なので、お先に失礼しようかな」

満ちるが席に戻ってくると、虹子が時計を見ながら言った。

「十二時前ですものね。私もそろそろ限界だわ」

「じゃあ、私も」

真智と優奈も続いた。だれかが言い出すのを待っていたのかもしれない。

「美沙緒さんは急いでない？　できればお願いがあるんだけど……」

満ちるは席に戻ってくるやいなや、真面目な顔で言った。

「私すっかり酔っちゃったから、ここの店の佳子《よしこ》ちゃんに運転を頼もうと思うのよ。だってみんなも飲んでるから運転は無理でしょ。でもそうするとお店に女の子がいなくなっちゃう。閉店まであと二時間ちょっと、もし美沙緒さんさえよかったらバイトしてくれない？　マスターも助かるって言ってるし。あ、もちろんバイト料は払ってくれるって。二時間で一万円って悪くないでしょ。どうかしらね、急いでる？」

「え、私がバイト？　接客するの？」

いきなりの提案に美沙緒は目を丸くした。

「とはいえ、もう新しいお客さんはきそうもないし……相手っていってもお酒を運んだりするだけよ。たいしてすることないと思うわ。でもね、マスターはカウンターの中だし、やっぱりだれかひとりはいないと……帰りのタクシー代は別にあげるって」

「わあ、すごく割りのいいアルバイトね」

虹子が身を乗り出すようにした。

「あ、美沙緒さんじゃなくて、だれか他の人でもいいのよ。時間が許すなら」

「興味あるけど、私は無理。旦那起きて待ってるし」

「私も二時までは無理だわ」

「いいかげん酔っ払っちゃって、もう動けない。ワイン、飲みすぎたー」

結局、美沙緒しか残れそうもないのだ。ほとんど酒を飲んでいないし、夫も寛容な美沙緒を最初からアテにしていたのかもしれない。

「ごめんね、突然こんなお願いして。こういうお店で働いたことなんてないでしょ？」

「居酒屋なら学生の時にバイトで。親戚がお店を出したからしばらく手伝ってただけなんだけど。オーダー取ったり、運んだりするぐらい」

「それで十分よ」

「ホステスさんみたいなことは経験ないけど」

「あの子が、ホステスに見える？」

指を差された若い女性従業員は、客と会話はしても隣について相手をしている様子はなかった。雰囲気も水商売風ではなく、ジーンズ姿できぱきと立ち働いていた。

「じゃ、佳子ちゃんお願い。みんなはさっきのファミレスの近くで落とすわね。あ、もっと手前の方がいい人もいるか……」

満ちると他の三人が立ち上がった。美沙緒は急にひとりになって不安になり、やはりアルバイトは断ればよかったかと後悔し始めていた。

「大丈夫。マスターはやさしいし、二時間なんてすぐに経っちゃうから」

美沙緒の心境を察したのか、満ちるは肩に手を置いて励ました。

「ですよね。でも私、色気がなさすぎるかしら」

ママ友とファミレスでおしゃべりするだけのつもりだったので、美沙緒はデニムのスカートにミュール、そしてシャツブラウスという普段着姿だったのだ。

「それなら少しだけアレンジして、と……」

満ちるは美沙緒のいでたちをさっと見渡すとまず、いちばん上まで留めていたブラウスのボタンをふたつはずした。何とかぎりぎりでブラが見えない程度の開き方だ。

「これ、貸してあげる」

バッグから口紅を取り出して、ほとんど色の残っていない美沙緒の唇に塗ってやった。濃く鮮やかなローズ色が美沙緒の顔をパッと明るくした。

「ほら、これだけでずいぶん変わったわよ」

「よかった」

「それ、化粧直し用に持っていていいわよ。あ、同じのあるからあげるわ」

高そうなゲランの口紅、まだほとんど使っていないように見える。

「え、いいの？　うれしいな」

「貰いものだから、遠慮しないで。じゃあ、ね」

満ちると他の三人は美沙緒を残して店を出て行った。

改めて見回すと、店にいる客はカウンターに二人とボックス席のカップルだけだった。マスターに呼ばれて世間話をしているうちに、カップルは席を立ち勘定をすませて帰っていってしまった。

美沙緒は二人のいたテーブルに残っていたグラスやボトル、おしぼりや小皿などを片づけカウンターに運んだ。食器類を洗い終わると、マスターが「ありがとう」と言ってにっこりと笑った。髭に白いものが混じる初老の男性だが、柔和な表情が安心感を与えた。

「これ、お願いできるかな。あっちの席に」

マスターはトレイにのせた水割りのセットを指さした。グラスがふたつとウイスキーのボトル、それに氷を入れた容器とおしぼりも二本ある。

「え、どこですか？」

「あっちの奥だよ、ついたての向こう側。さっきまでここにいたお客さんが移動したんだ」

「あら、そうなんですか」

まったく気づかなかったのだが奥まった場所にもうひとつボックス席があったのだ。観葉植物の鉢と木製のついたてに隠れて見えにくくなっている席だ。

「あちらのお客さん、二人なんですか？」

いつの間に二人になったのだろうと不思議に思いながら訊いてみた。

「いいから早く運んで」

物静かだがきっぱりとした口調で言われたので、返事を聞く前に美沙緒はトレイを受け取った。

「やあ、こっちに座りなさい」

奥のボックス席にいた客は中年の男性がひとりだった。そこは店内から隔絶されたように薄暗く、別の空気が漂っているような空間だ。ランプのようなオレンジ色の照明は明度を下げてあるのかかなり暗い。

男はソファにのけ反るように座り、足を大きく開いていて美沙緒を手招きした。ワイシャツの下の下腹がかなり出ているのがわかる。中小企業の社長さん、というような風情だがそこそこ金持ち風に見えた。

「こんばんは」

美沙緒はテーブルにトレイを置きながらぎこちなく挨拶をした。ここでしばらく彼の相手をしなければならないのだろうか。

「名前は？」

「あ、私……美沙子です」

とっさに気の利いた偽名が思い浮かばなかったので少しだけアレンジして伝えた。

「美沙子ちゃんか」

「佳子さんが帰られて、臨時のアルバイトなんです、私」

ホステスのような接客を期待されても困るので先に伝えておいた。

「水割りぐらい作れるだろ」

「はい……」

客なのだから多少は横柄な態度は仕方ないと思ったが、馴れない仕事で美沙緒はひどく緊張していた。男は遠慮もなくじろじろと美沙緒の仕草を見ていた。

「何やってるの、グラスはふたつあるだろ。あんたも付き合って飲めよ」

「でも私、お酒は弱くて……」

「弱くてボトル一本か？　ははは」

「いえ、本当に弱いんです」

美沙緒は自分のグラスにはウイスキーをほんの少量垂らしただけにして、氷は多めにして作った。

「じゃあ、乾杯」

男は何と、薄い方のグラスを先に取り上げてしまった。美沙緒は仕方なくダブルに作った方を口にした。アルコールが喉に沁《し》みるようだった。

店にはＢＧＭが流れていなかったので、会話が途切れると途端に気詰まりになる。男は美沙緒が薄く作った水割りにウイスキーを足し、マドラーでかき回すと氷がカラカラと音をたてた。

「このお席、落ち着きますね」

話すことがないので意味のないことを口走ってみた。

「だろう？　あ、先にチップを渡しておくよ」

男はズボンのポケットから折りたたんだ一万円札を取り出して美沙緒に差し出した。

「え、いいんですか？」

「もちろん」

ただ隣に座って接客しているだけなのに、チップを貰えるとは思ってもみなかったので美沙緒は少しうれしかった。バイト料と合わせて新しい夏物のトップスでも買おうかと算段していた。

男はグラスを傾けながら、横目でちらちらと美沙緒のブラウスの胸元に視線を送っていた。

多めに開けたボタンが効果覿面《てきめん》だったようだ。

しかし彼は、水割りを一杯空けないうちに早くも美沙緒の膝に手を伸ばしてきた。デニムのスカートは腰掛けると裾が上がって太股の半分ぐらいまで剝き出しになる。パンストをはいていない生足がさらけ出されるのだ。

「あ、あの……すみません。それはちょっと……」

少しぐらいは仕方がないのかと我慢していたが、次第にスカートの中まで手が入ってきたので美沙緒はやんわりと遮った。

「何言ってるんだよ。チップ受け取ったじゃないか」

「ええっ、そういう意味だとは知らずに……」

「しょうがないなあ。だったらこっちを手伝えよ」

男は素早く美沙緒の手を摑んで股間に導いた。

「やだ……」

そこは早くもバナナ状に固まりかけて、ズボンの上からでも盛り上がりが見てとれた。

「もう、こんなになっているんだから」

「すみません……私、こんなことできない」

だが手首をしっかり摑まれているので、股間の上に手を置いたままだ。

「握らなくてもほら、どんどん大きくなっていくだろ」

ようやく手首を離してくれたのですぐに手を引っ込めたが、今度は男が自分からズボンのファスナーを下ろした。

中から勢いよく肉柱が飛び出してきた。幹の色は赤黒いがところどころ血管が浮き出たように脈打っている。まるで地面から生えたマツタケみたいな形状だと思ったが、これほどグロテスクなモノは見たことがない。

「どう、俺の息子、けっこうなもんだろ」

と、自慢されても美沙緒は夫のモノ以外ほとんど知らないのであまり比較はできない。確かに夫のペニスよりは確実に一回りは大きいような気がするが。

「ちょっとだけ、触れよ」

美沙緒はおそるおそる自分から幹を摑んでみた。とても固くて熱い。その点では夫の持ち物よりまさっているようだ。握った感触が肉というよりまるで鉄杭だ。

こんなにこちこちになるなんて……美沙緒は好奇心にかられて掌に少しずつ力を加えていった。

「ただ握ってないで、しごいてくれよ」

「は、はい……」

美沙緒は手で弄ぶ方法はさほど上手くないのだが、たまに夫にリクエストされるので経験はある。あまり力を入れず、ゆっくりと上下に滑らせるように動かしていった。

「うむ。じゃあ、今度は口で」

「ええっ、ここでそんなことしたら……」

「見えやしないって。ここはそういう席なんだし。さあ、そこのおしぼりできれいに拭いてからでもいいから、咥えろよ」

トレイにのっていたおしぼり二本はそういう意味だったのか。美沙緒はとにかく言われるままおしぼりを広げて、しっかりと立ち上がっているペニスにかぶせた。

知らない人のアレをしゃぶるなんて。そんなこととてもできない……。

美沙緒は逃げ出したくなったが、チップを受け取ってしまったし今さら後には引き返せない。それに威圧的な男の態度に恐怖も感じていた。

叫んでマスターを呼ぼうかとも思ったが、他の客もいることだしここで大声をあげるのは憚《はばか》られた。何とか逃れる方法はないものかと必死で考えたが、アルコールのせいか頭がぼうっとしてきている。

「ほら、もう十分拭いただろ」

男は強引に美沙緒の頭を股間に押しつけた。美沙緒は観念して目をつぶり、無骨に膨れ上がった亀頭を口でとらえた。

「もっと深く……」

先端だけでは物足りない、と言わんばかりに男はさらに美沙緒の頭を押さえつけた。

太くて固い、どくどくと脈打つ熱い肉の棒が、いきなり喉奥まで侵入してきた。美沙緒は息を止めて受け入れたが、次第に涙が滲《にじ》んできた。哀しいというより、情けなくて仕方がなかった。それに苦しい。

「中で舌を動かして……そう、ちろちろと」

そして彼は美沙緒の頭を上下に振るように指示した。夫のモノ以外で咥えたのは初めてだ。それもどこのだれとも知らないゆきずりの相手だ。

「ああ、やっと少しよくなってきた」

彼は必死でペニスにしゃぶりついている美沙緒の髪を撫で上げ、顔にも触れた。掌が湿っていて気持ちが悪かった。

「うっ、うげっ……」

我慢も限界だった。美沙緒は吐きそうな声をあげると、男はようやく美沙緒の頭を押さえていた手を離した。

「す、すいません。私、ちょっと」

美沙緒は手で口を覆うと席を立ち、店のトイレに駆け込んだ。

濃い水割りを飲まされて酔いが回ったのと、グロテスクな肉の棒を口いっぱいに咥えこんだことで吐き気をもよおしたのだ。

美沙緒は髪が汚れないように手で押さえながら、洗面所の流しに向かって勢いよく吐いた。しかし中身はほとんど水分で固形物はほとんど出なかった。

「ううっ……」

コップはないので両手で水を掬って口の中をゆすいだ。それでもあの固い肉棒の感触は生々しく残っていた。

「大丈夫かい？」

背後から声がするので顔を上げると、鏡ごしに男が立っているのが見えた。あわてて入ったので鍵をかけるのも忘れていたのだ。

「す、すいません」

閉店まであと一時間ぐらいか……美沙緒は時間が過ぎてくれるのをひたすら待つことにした。具合が悪くなったという口実で、同席してのサービスは勘弁してもらおうと思った。

「急に、吐き気がしたもので……」

男が美沙緒の背中をさすろうとするのを、やんわりと断りながら言った。

「フェラも満足にできないんだね、この若奥さんは」

「私、もう出ますので」

「いいじゃないか」

トイレから出ようとする美沙緒と、行く手を塞ごうとする男が揉み合った。

美沙緒は狭いトイレの壁に背中を押しつけられ、下半身を押しつけられた。

「いやっ、やめて……」

「胸の谷間なんかちらちら見せて、その気にさせておいて、やめて、はないだろ」

男は強引にブラウスのボタンをいくつも開け、半カップのブラの中にも手を差しこんできた。

「いいおっぱいしてるじゃないか。旦那と子どもが先を争って吸ったんだな」

捏《こ》ねるように揉むとすぐさま乳頭を指でとらえて転がした。同時に反対の手はスカートの中に入ってきた。

「なあ、トイレの中でやったことある？　普段とちがうシチュエーションで燃えるんじゃないか？　旦那とのセックスはいつも段取り通りで退屈なんだろ。アブノーマルに興味を持つのも無理ないな」

生温かい男の息が美沙緒の耳元に吹きかかる。どうやら彼はカウンターに座っていた時、美沙緒の話に聞き耳をたてていたようだ。

胸を触りまくった後は、再びドアにチェーンをかけた。

「いや、離して」

スカートはウエストまでまくり上げられ、パンティも下ろされてしまった。

「大きい声で叫びますよ」

「ああ、悲鳴でも何でもどうぞ。どうせもう店にはだれもいないよ」

「ええっ」

マスターはこうなることを知っていたのか。あの奥まった席は、そのための接客をする場所なのか。美沙緒は訳がわからなくなっていた。

呆然としている間に男は美沙緒の右足をすっと持ち上げ、自分の股間を押しつけてきた。熱く火照《ほて》った肉杭が、入るべき門を求めていたのだ。壁に押しつけられて完全に逃げ場を失った美沙緒は覚悟を決めていた。助けも呼べないとなれば、一刻も早く終わるのを待つだけだ。無駄に抵抗して長引くより、とにかく一度抜かせてやれば落ち着くかもしれない。

「それっ……と」

男は美沙緒の足を抱えこむようにしながら、杭の先端で女穴の入り口を探った。

「何だ何だ、美沙子ちゃんは、もうしっかり濡れてるよ」

彼は冗談のように言ってにやりと笑った。次の瞬間そそり立った鉄杭が一気に打ち込まれた。インサートの角度が合うように、彼は美沙緒の腰をぐっと自分の方に引きつけてきた。

「い、いや、やめて……」

「ふん、口ほどでもない。あんたはちゃんと欲しがってるんだぞ。でなけりゃ、こんなにぬるぬるになるか」

美沙緒は、これ以上回らないほど顔をそむけたが、彼は面白がってのぞきこんでくる。その間も、規則的な腰の動きが休みなく続いた。

「どうだ、立ったままヤルのもいいもんだろう。旦那とはしないだろうからな。興奮してるか？」

美沙緒はもう頭の中が真っ白で何も考えられなくなっていた。気楽に引き受けた二時間のアルバイトに、こんな大きな落とし穴があるとは想像もしていなかった。満ちるにはとても正直に話せない。

「ここ、触ってみろよ」

男は動きを止めると、美沙緒の右手を取って二人の結合部分に誘導した。

「ほら、ここ繋がってるだろ、しっかりと」

「ひっ……」

グロテスクな肉のスティックは、その姿のほとんどが美沙緒の内部に打ち込まれていたのだ。

「付け根を触れよ」

言われた通りに指で探ると、そこは想像以上に濡れて粘液まみれだった。どうやら美沙緒の中から溢れ出たようだ。

「ほら、下を見てみろよ」

「いやあ……」

「恥ずかしいのか。びしょびしょだもんなあ」

そしてまたピストンを繰り返すのだった。先ほどよりさらに力強く、そして深く。

「ああ、ダメだ。もう我慢できないっ」

男は美沙緒の足を抱え直すと、狂ったように腰を振った。激しすぎる振動のせいで、彼の体の横で揺れていた美沙緒の足からミュールが抜け落ちた。こんなに激しく出し入れされたことは、いまだかつて経験したことがない。

摩擦でアソコが擦り切れそう……美沙緒は猛り狂った肉茎を受け入れながらぼんやり考えていた。快感なのか嫌悪なのか、もう何が何だかわからなくなっていた。

「おっ、おっ、おおぅ……」

ついにフィニッシュの時がきた。男は低いうなり声をあげ、美沙緒の首に生あたたかい息を吹きかけながら果てた。美沙緒はこれ以上首が曲がらないというほど顔をそむけていたが、終わるとすぐに男の腹を押して熱く湿った体から抜け出した。

左足のくるぶしあたりに引っかかっていたパンティを穿《は》き直してから、トイレを出た。歩くにも足がふらついて、ボックス席に戻るのがやっとだった。倒れこむように腰をおろし、ソファに突っ伏した。

「よう、どうだった？　感想は？」

男は悠々とズボンを上げながら戻ってきた。美沙緒を見下ろし、グラスに残った水割りをぐいっと空けた。

「あんたの体、悪くないよ。アソコの具合もいい感じだしな」

勝ちほこったような卑猥な笑いを浮かべて、美沙緒の尻をぽんっと叩いた。途端に美沙緒は全身がびくっと震えた。

「今夜、帰ってから旦那とヤルのかい？　もう遅いから明日の夜か。ああ、あんたのとこは月曜日の朝なんだっけ？　旦那が景気づけに一発抜いてから出かけるんだよな。まあ、気持ちはわからんことはないけど、毎度毎度同じパターンじゃ、つまんないよなあ。あんたがアブノーマルなセックスに憧れる気持ちもわかるよ。これがいい経験になっただろ、ははは」

男は全部聞いていたのだ。格別大きな声でしゃべったという意識はなかったが、皆といっしょだったのでつい声が高くなったのかもしれない。彼はカウンターでひとりで飲みながら美沙緒の話に聞き入っていたのだろう。

小馬鹿にしたような笑い声が耳について離れなかった。やがて男は席を立ち、店を出て行った。いつの間にかカウンターにはマスターが戻ってきていた。美沙緒の姿を見ると、唇の端で少し笑った後「もう帰っていいよ」と言った。タクシー代を渡しながら口にした「お疲れさん」という一言が意味ありげに聞こえたのは美沙緒の気のせいだろうか。

言葉にならないぐらい疲れておまけに気分が悪く、眠気も尋常ではなかった。無理やり飲まされたウイスキーに何か薬のようなものでも入っていたのかもしれない。犯されても抵抗する気力をなくしていたし、頭がぼうっとして判断力もなかった。しかしチップとはいえ安易に金を受け取った自分も悪いのだし、とにかく男を恨むよりも一刻も早く休みたかった。

美沙緒はようやく家にたどり着くと、シャワーも浴びずにベッドに倒れこんだ。もちろん夫はぐっすり寝こんでいる。子ども部屋で眠っているはずの息子の顔を見にいく気にもなれなかった。

音をたてないように細心の注意を払ってから、夫の隣のベッドにもぐりこんだ。嫌なことを思い出して反芻《はんすう》する前に深い眠りにつきたかった。幸い夫は軽い鼾をかいていて目覚める気配もない。

　美沙緒は横になるのとほぼ同時に引きずりこまれるように睡眠状態に入った。

　夢の中で、美沙緒は再び男に抱かれていた。今度は無理やりではなく美沙緒も合意の上、ボックス席で抱き合っている。

　男が足を広げてソファに座り、美沙緒は彼に背中を向け後ろから抱えられているが……二人の下半身はすでに剝き出しだった。彼の逸物は、美沙緒の背後から中へと深く挿入されていたのだ。彼が下からいくら突き上げても簡単には抜けないぐらいしっかりと食い込んでいた。

「あっ、あああ～～」

　美沙緒は低い喘ぎ声をあげ、自分から体を揺すって快感に酔っていた。

「さあ、もっと尻を振れよ。気持ちいいぞ」

「もうやめて……あっちにお客さんがいるんだから」

「そうさ、ついたての向こうには客がいっぱいだ。見られるかもしれないな」

「いやっ、恥ずかしい」

「ここ、繫がってるところが丸見えになってるぞ。恥ずかしいな、そらっ」

男は面白がるようにぐいぐいと腰を使って下から突き上げてきた。美沙緒は身悶えしながら、自然に自分も腰を振っているのだった。上半身がぐらぐらと揺れて、ブラウスの胸元がはだけて乳房が見え隠れしていた。男がしっかりと美沙緒の腰に手を回していなければ、とっくにソファから滑り落ちていただろう。

「あっ、は〜〜〜んっ」

「いいのか、そんな大きな声出して。聞こえるぞ。それとも見られたいのか。アブノーマルなのが好きなんだものなあ」

「いやいや、恥ずかしい……はぁ……」

美沙緒は官能に震え体をのけ反らせた。美沙緒の首すじと耳たぶに、男の熱い息が吹きかかる。イク寸前に、美沙緒はひときわ高い声をあげて鳴くのだった……。


「おい、どうしたんだよ。うなされているのか？」

突然耳元で夫の声がして、美沙緒は飛び起きそうになるぐらい驚いて目を覚ました。

「あの、私……何か言ってた？」

「うんうん言ってたぞ。怖い夢でも見てたんじゃないのか」

「怖い夢……そうね」

とても説明することなどできない内容だ。

「ゆうべ遅かったのか？　ぐっすり寝てていつ帰ったかぜんぜん気づかなかった」

「十二時過ぎだったかな。みんなといっしょに帰ったの」

美沙緒は起きたばかりでまだ意識がぼんやりしていたが、言うべき嘘はしっかりと認識していた。

「今、何時？」

「七時前だよ。きょうは学校が休みだから、あいつはまだ寝てるよな」

夫はそう言うと、美沙緒の横に体を滑りこませてきた。土曜日の朝は、ローテーションとは異なるがその気になっているようだ。

「目を覚ますかもしれないわよ」

「だからすぐに終わらせるから。いいだろ」

断ることさえ億劫だったので、美沙緒は黙って従った。早く終わってほしいので自分からさっさとパンティを下ろした。

「いくよ……」

前戯もなしにいきなり挿入してきた。いくら妻だからといっても少しはエチケットというものがあるだろうに。しかしそれを言ったら、美沙緒は数時間前に他の男に抱かれ、そのままシャワーも浴びずに夫と交わろうとしているのだ。無神経どころか夫を馬鹿にした行為だ。

「うんっ、うんっ……」

美沙緒は夫の動きに合わせて、わざと低い呻き声を出してみた。少しでも早く終わってほしいからだ。

いきなりインサートされた割りにはすんなり受け入れられたのはたぶん、ほんの五、六時間前にあの男にさんざん突かれたためだろう。夫より明らかに一回りは大ぶりなアレを無理やり何度も何度も……思い出すだけで体の芯がカッと熱くなる。それは怒りとは少しちがう感情のように思えた。

あの男に侮辱され、汚されたという点では憤怒《ふんぬ》の情が湧き起こるのだが、同時にひどく高揚している自分がいた。そして遂にアブノーマルな行為を体験してしまったという興奮。夫とは絶対に味わうことのできない秘密の歓びを、美沙緒は味わってしまったのだ。

狭いトイレの中で立ったままの合体。しかも相手は名前も知らない中年男だ。それなのに美沙緒は明らかに濡れていた。花弁から欲望の蜜が滴り落ちていたのだ。

「ああ、そろそろイキそうだ……」

何も知らない夫は、妻の上に乗ってひたすら正常位でピストンするだけで達しようとしている。射精という排泄行為には無駄な動きや相手へのサービスは不要なのだろう。よく飽きないと感心するぐらい単純な抜き挿しを繰り返している。

今、夫が排出しようとしているその場所は、すでに先客が荒らし回りたっぷりとエキスを注ぎこんだ器だ。あわれな夫は今夜二番目の客とも知らず、相も変わらぬ方法で妻を抱きフィニッシュしようとしている。

美沙緒は両方の足を夫の背中でクロスさせ、離れないようにぐっと抱えこんだ。

「うっ、アソコが締まってる……出そうだ……あ、ああ、出ちゃった」

機械仕掛けのようなスピードで上下していた腰がぴたっと止まると、汗でぬるぬるした体が美沙緒の上に倒れこんできた。

「気持ちよかった……」

ふうっと大きく肩で息をつくのと同時に、夫はすぐさま起き上がった。ずるっと女穴から抜いたペニスはまだ半分立ち上がったまま、黒々とした茂みから顔を出した。

「汗だくだよ。シャワー浴びてくる」

夫は振り返りもせず全裸のままで寝室を出て行った。余韻、などというものはかけらもなく、夫にとってのセックスはやはり排泄でしかないのだと思い知った。すぐに終わるか一時間かけるかは彼の気まぐれで、お楽しみを先延ばししたいかどうか、だけなのだ。

シャワーも先を越されてしまった……美沙緒は再びベッドに横になった。二人の男の体液がべっとりと貼りついた体を自分で撫でてみる……娼婦並みにふしだらで自堕落かもしれない。美沙緒の体内は、二人分のザーメンを貯めこんでいるのだ。

もしも今妊娠したら、どちらが父親かまるでわからないではないか。しかしそんなことはもうどうでもいいし興味もなかった。

可笑《おか》しくて、声をあげて笑い出したくてたまらない。たった一晩で、こんなにも自分が変わるなんて。自分という女の本性は、実は淫乱、なのかもしれない。美沙緒は夫がシャワーを浴びている間にオナニーしたいと思った。

あんな自分勝手な行為で、自分だけ終わらせて満足している夫。彼は妻の秘密を何も知らないのだ。美沙緒は甘苦い夢想に浸りながら右手を小刻みに動かしていた。

第三話　人妻という商品

　真智はショッピングモール内にあるランジェリーショップで買い物をしていた。店のポイントカードの点数が貯まっていたので、期限内に使ってしまおうと思ったからだ。

　会計をすませて出口に向かおうとすると、満ちるとばったり出会った。

「あら、真智さん、お買い物？」

　満ちるは仕立てのよさそうなソフトスーツにヒールのパンプスを履いていた。真智はヨガスタジオからの帰り道だったので、ジーンズにパーカというカジュアルないでたち、髪は後ろでひとまとめにして、おまけにほとんどスッピンに近かった。

「満ちるさんは、これからお仕事？」

「仕事？　んまあ、仕事みたいなものかな……」

　満ちるは店の棚にディスプレイされていた高級そうなブラジャーを何気なく手に取った。とても真智には手が出ないようなランジェリーだ。

およそ満ちるの普段着姿というものを見たことがない。いつも外出着のようなお洒落《しゃれ》な服を着ているし、家に行った時でもカジュアルではあるが隙のないファッションだった。仕事、といっても夫が経営する不動産会社の手伝いのようだが、最近は自分でもビジネスを始めたと言っている。仕事内容はいまひとつよくわからないし、いつ仕事に行っているのかも不明だった。ただ金回りがいいことだけは確かだ。

「真智さん、下着を買ったの？　私も何かひとつ買おうかな……」

「私が買ったのはいつも使っているスポーツブラよ」

「ヨガの時の？」

「普段も。だって楽なんだもの」

「あらあら、やっぱり体をきれいに見せるには、下着もきちんとしたものを身につけないとね。お互いもう若くないんだし」

真智は満ちるが自分の胸のあたりに視線をやったので恥ずかしくなった。ボディラインには自信がないので体の線が出ない服ばかり着ているのだ。

「わかってはいるけど、何かもう、どうでもよくなっちゃって。きれいに見せるより楽な方がいいかって」

「ダメダメ。ちょっと待ってて。これ、買ってくるから」

満ちるはショップの店員を呼び、ディスプレイしてあったものと同じデザインでサイズ違いのブラを購入する旨を伝えた。

真智が買ったコットン素材のスポーツブラの五倍近くの値段だった。ブラウスが十分買える。フランス製だけにレースの柄が繊細でラベンダーの色も上品だ。こんな上等の下着は正直、真智は一度も身につけたことがない。

満ちるはこの店のお得意さまなのか、店員の愛想が一段とよかった。

「ポイントカード、お持ちじゃないですか？　お付けしますよ」

「持ってないわ」

「お作りしませんか？　貯まったポイントでお買い物できますし、ポイントが二倍、三倍の日も……」

「いいの。私、そういうの面倒だから」

満ちるは説明を途中で遮ってあっさり断った。値の張る買い物をするのだから真智よりもすぐにポイントは貯まるはずだが、満ちるはそういったことには興味がないようだ。

真智はあちこちのショップやスーパーのポイントカードを山ほど持っていて、ちまちまと貯めては使うのを楽しみにしている。そういったケチな主婦根性が馬鹿らしくなるほど、満ちるは豪快な買い方をしているようだ。

満ちるは金持ちぶりをひけらかすような態度は決して取らないが、その言動や身につけている物を見れば、真智たちママ友とは経済状態に差があることは明白だ。それは皆も十分すぎるほどわかっているので、その格差を前提として付き合っている。だから夜のママ友会合は相変わらずファミレスなのだ。

「真智さん、時間ある？　ちょっとコーヒーでも飲んでいかない？」

「ええ、私もちょうど一休みしたかったところ……」

二人はモールを出て隣接するシティホテルのロビーにあるティールームに入った。他のママ友となら、モール内のカフェやスイーツの店を選ぶところだが満ちるは違った。

「ケーキセット、どう？」

食事ができそうな値段だが、写真のケーキがとても美味しそうだったし満ちるに勧められたので決めた。

「ここの領収書なら会社で落とせるから、奢《おご》るわね」

満ちるは軽く片目をつぶって微笑んだ。

モール内のカフェよりずっと落ち着いた造りで、席と席が離れているし話し声も響かない。コーヒーのおかわりなどもウエイターがすぐにやって来て注いでくれる。

「この間、楽しかったわ。私、ワインたくさん飲んじゃって、次の日軽い二日酔い」

「ご主人に叱られなかった？　遅くなったけど」

「もうみんな寝てたから大丈夫。満ちるさんが連れていってくれたお店、『ルアン』て言ったかしら。あそこ会員制なんでしょ」

「そんな堅苦しい店じゃないんだけど。一応、紹介者がいればいいだけよ」

「美沙緒さん、お店に残ってバイトしたのよね。どうだったかしら」

「次の日に彼女に電話してみたの。お客さんもあんまりいなかったし、楽だったって。急にお願いしたけど嫌がらずに引き受けてくれて、ほんと助かった」

「満ちるさんはマスターとお知り合いなの？」

「ええ、まあね」

満ちるはそれ以上語りたくなさそうだったので、真智は話題を変えることにした。

「さっきの下着、素敵よね。満ちるさんは外国製ばかり？」

「全部じゃないけど、ほとんどそうかな。国産のはサイズがなかなか合わなくて」

「私にはあんなゴージャスな下着をつける機会もないから、楽なのがいちばん」

「あら、たまにはご主人を喜ばせてあげたら？」

「え、主人？　うちの主人を？」

真智はフォークを置いて思わず笑い出した。

「よそのご主人を喜ばすの？　それはちょっと問題かも……」

「ないない。うちの主人もよその主人も、男ってものにはまるでご無沙汰なんだから、私」

「それは問題ね。仲がよさそうなのに」

「仲はいいわよ、よすぎるぐらい。だからもう何ていうか、完全に相棒っていうのかな。男女の仲じゃなくなっているの」

真智と夫はセックスレス夫婦なのだ。もともと夫は性欲が強い方ではなかったが、子どもを二人作った後は徐々に間隔が空いてゆき、月に二回が一回になり、今では数ヶ月に一度あるかないかの割合なのだ。どちらも誘わないので自然に遠のいてしまったというわけだ。

「ええっ、三十代の夫婦でそれって、ちょっとあんまりじゃない？」

満ちるは目を丸くし、外国人のように肩をすくめてみせた。

「私が三十六で主人はこの間四十になったばかりよ。セックスはそう、盆と正月ぐらいかな。もうなくてもいいんだけど」

「失礼だけど、ご主人はよそで……」

「女？　それはないと思う。風俗とかそういうのもまるで興味なし。ちゃんと家に帰ってくるし、ご飯もしっかり家で食べる。お酒もあまり飲まないのよ」

「ふーん、潔癖症なのかな。昔からそうだったの？」

「結婚前は普通だったと思う。でもそれほど盛んじゃなかったのかな……」

子ども二人を育てることに夢中だったので、夜は一分でも早く眠りにつきたいという時期が続いたのは事実だ。夫も仕事が忙しくベッドに入ればすぐに寝てしまう。そうして性的なムードからはどんどん遠のいていった。今や性別を超えた生活者としてのパートナーだった。

「じゃ、求められるけど真智さんが断っているってわけじゃないのね」

「ええ。私は要求があれば応じてもいいと思っているもの。でも何か、自分からは言い出しにくいかな」

「言ってみればいいじゃない、たまには。ご主人にすり寄っていってみたらいいのよ。絶対拒否されないから」

「でも前に、拒否されたことあるの。それから自分からは言えなくなって……」

「そうかぁ。ね、ご主人て、ひとりでオナニーしてること、ある？」

あまりに直球な質問に、真智はまるで自分への問いかけのように思わず顔が赤くなってしまった。

「いやあね、そんなこと、夫婦でもよくわからないわよ。いちいち話さないし。あ、でも彼の部屋のゴミ箱が、いやにティッシュでいっぱいだったことがあったわ。風邪ひいてるわけでもないのに。あれって、もしかすると……」

「あー、なるほどね。で、真智さんは？　ひとりですることは？」

「いやだ、もう。そんなこと言えるわけないじゃない」

真智は首を振りながら、どんどん顔が上気していくのを感じていた。

「あらそう？　私はあるけどな、オナニーするのって自然なことよ」

満ちるはコーヒーをひとくち飲みながら、けろっと言った。

「そりゃ、満ちるさんは素敵な彼氏がいるからいいけど。もし私が自分で自分を慰めていたとしたら、旦那にかまってもらえない哀れな妻ってことになるじゃない」

「哀れだなんて感じることないけど。でもやっぱり、時々はしたくならない？」

「んもう、やめて。だからたまにはしてるわよ。話題、変えましょ」

しばらくは子どものことや他のママ友の話をしていたが、先ほどよりは盛り上がらなかった。満ちるは本当に下ネタが好きだが、聞き出すのが巧みなのでつい誘導に乗ってしまうのだった。

「そういえば真智さん、ちょっとしたアルバイトしてみない？　座談会に出るだけなんだけど」

満ちるが急に思い出したように言った。

「え、なになに。興味ある。座談会ってどんなテーマ？」

「人を通じて頼まれたんだけど……ノンフィクションを書いている作家の人がね、今どきの専業主婦の実態を知りたいんですって。生の声を聞きたいから紹介してほしいって言われたのよ」

「へえ、私なんかでいいの？　どんなこと訊かれるのかな」

「家事とか育児とか、趣味のことぐらいじゃないかな。難しい質問はないと思うから安心して」

場所は作家の仕事場に近いホテルの喫茶室で、日時はすでに決まっていた。他に二人の主婦がくるという。真智はその日、特に予定はなかったので引き受けることにした。交通費込みだが約二時間で一万円という謝礼にも惹かれた。

「この間の美沙緒さんのアルバイトといい、満ちるさんが紹介する仕事はすごく割りがいいのね」

「だって私、そういう単発のバイトの時は紹介料なんて取らないもの」

「えっ、そうなんだ」

「日頃何かしら付き合いのある人からの頼まれごとだったりするから、まあ人助けだと思ってるの。ちゃんと利益の出る人材派遣もやってるから大丈夫よ」

満ちるが、個人で営業している人材派遣がどういった会社なのか、真智にはよくわからなかったがさほど興味もなかったので詳しく聞かなかった。

「いつも急に頼まれるから、つい身近な人にお願いしちゃって」

「満ちるさんは顔が広いものね」

「でもそのわりに友達は少ないのよ」

笑いながら言った後、満ちるが時計を見たので引き上げることにした。

ホテルのロビーを歩いていると、いかにも恋人同士といった若い男女が腕を組んで前を歩いていた。自分と夫にもあんな頃があったはずなのに……と、思い出していると、ふいに満ちるが顔を近づけてきた。

「ねえ、余計なことかもしれないけど、たまにはご主人に甘えてみたら？　今夜あたり、どう？」

「え、今夜って、いやに具体的ね」

「だって具体的に言わないと、また先延ばしにするでしょ。そう、今夜よ。あの頃の情熱を思い出して」

「わかった。アドバイスありがとう」

真智は身の下の話はあまり外でしたくなかったので、話題を変えるためにも適当な返事をしておいた。

満ちると別れた後も、真智はずっとセックスレスのことを考えていた。最近では三十代でもそういった夫婦は少なくないと聞いているが、そういうところだけ流行に乗っても意味がないと思うのだった。

確かにセックスがないとゆっくり睡眠が取れるし、いろいろ面倒がなくていい。望まない妊娠に気を遣う必要もない。寝る寸前まで読書ができて、そのままストンと眠りにつけるのは楽だ。しかしそれは十年後でもいいのではないか。こんなに早く「あがって」しまうと、生理がくるのも止まりそうで怖い。

もう少しの間、女でいたい。あいにく真智は、満ちるのように若い恋人がいるわけでもないので、夫しか相手にしてくれる男性はいない。その夫はいつも真智よりも先にベッドに入り、背中を向けてぐうぐう眠っているのだ。

四歳年上の夫は四十になったばかり。まだまだ盛んでもいいはずなのに。仕事にはとても意欲的だし、体は健康そのもの、食欲もあるし適度な運動にも心がけている。それなのに、性欲だけが著しく薄いのだ。夫婦仲が悪いわけではないし、会話もある。二人で出かけるこ

とも好きだし、何よりいっしょにいて気楽な相手だ。でも、だからこそセックスがなくても
いい関係を築けてしまうのかもしれない。
真智は決心してその夜、夫の方のベッドに入ってみた。いつの頃からか、二人のベッドに
は隙間が空いていた。以前は二台ぴたりとつけていたのだが、どちらかが風邪をひいた時か
何か、一時的に離してからずっとそのままになっている。
「何、どうしたんだよ」
背中を向けて寝ていた夫は、本当に驚いた様子で振り返りながら訊いた。
「ん、ちょっと寂しかったから……ねえ」
真智は夫の脇腹をつついてみた。
「えー、俺もう眠いよ」
「私からこんなことするなんて、めったにないことだけどなぁ」
真智は胸を夫の背中に押しつけながら、精一杯甘えた口調にしてみたが、自分でも多少わ
ざとらしいと感じていた。すぐにでも始められるよう、すでにTシャツとパンティだけの姿
になっていたのだ。
「しょうがないな。真智はヤリたくなっちゃったんだ」
ようやく夫が振り向いた。

「そうなの。今夜は何かむらむらしてる」

「珍しいな。でも俺、疲れてるしあんまり……」

「べつに無理しなくてもいいけど」

お願いしてまで抱いてもらいたいとは思わない……真智の気持ちははっきりしていた。人間なのだから我慢することも抑制することもできる。真智が夫から離れようとすると、彼はあわてて肩をつかんだ。

「いいよ、最近ずっとしてないもんなあ」

「ええ、今年になってまだ二回ぐらいしかしてない」

「そんなに間隔空いてるか？　そうだっけ？」

「私はちゃんと覚えてる。あなたは私と同じだけ間隔が空いてるかどうか、私にはわからないけどね」

「何それ、どういう意味？　俺がどこかよそでやってると思うの？」

夫はむきになっていたが、真顔で不快そうに言ったのでたぶん本当だろう。他に女がいるとはとても思えないし、潔癖症なので風俗はさらにあり得ない。

「まさか。ただの冗談よ」

真智は笑ってごまかし、自分から抱きついていった。夫はぎこちない様子で妻を抱き返してきたので、真智は足を絡ませ彼のパジャマを脱がせにかかった。

「これ、脱がなくちゃダメかな。面倒なんだけど……」

「んもう、ムードないなあ。じゃ、私も着たままでいいの？」

「あ、べつにいいよ」

妻の乳房など興味もないのか、あっさり言ってのけた。

「ちょっとさ、少し手で手伝ってくれないかな」

彼の逸物は、妻が足を絡ませたり抱きついたぐらいでは反応しないようだ。まだ小さく縮こまっている肉の塊に、真智の手を誘導させていった。

「痛いっ、そんなに強く握るなよ。デリケートな箇所なんだからもっと優しく」

「はいはい」

軽く掌で包みこむようにしてから、徐々に力を加えていった。すると次第にむくむく力をつけてくるのだった。

「あ、あああ……」

「ふふっ、私の手の中でだんだんおっきくなってきた。ああ、もうバナナみたいになってる。固い」

「べつに、実況しなくていいよ」

夫にはこういった雰囲気を盛り上げるエッチな会話、というのも不要らしい。言葉もなく黙々と致したいのだ。真智はむっとしたので掌に力を入れた。

「ああー、ちょっと、擦ってくれない？」

すでに棍棒になっているペニスを、改めて太さや形、固さを確かめるように触れた。夫の持ち物は決して悪くはない。堂々とした男らしい形状でサイズも並以上ではないかと思っている。確か結婚前に、彼が自分でそう言っていたのを思い出した。それなのに、あまり活用していないのは勿体ない話だ。

夫はしばらく仰向けになって妻の手の動きに委ねていたが、やがてゆっくり体を起こしてきた。

「入れたくなってきた？」

「ああ、パンティ脱いじゃえよ」

自分で脱がす、という手間はかけないようだ。自分の下着とパジャマのズボンだけを取り去った。セックスのヴァリエーションを楽しむタイプではないので、当然のように正常位でのしかかってきた。真智はもうすっかり準備が整っていたので、すんなりと受け入れられた。

夫の躍動に合わせるように、自分でも小さく腰を使ってみた。彼がふうっと、大きくため息をついて動きを止めた時も、下から小刻みに腰を突き上げてみた。

「あー、疲れるな。真智が上になってくれる？」

「えっ、私が？　いいの？」

騎乗位で合体することなどめったにないので、真智は喜んで応じた。繋がったまま体位を変えたいので、まず上下反対の体勢を取ってから、そろそろと真智が上半身を起こした。

夫の上に跨がるのは嫌いではない。自分からTシャツを脱ぎ捨て全裸になってから、胸を突き出した。夫はほんの少しだけ乳房に手をかけて揉んだがすぐにやめてしまった。もっと下から強く揉みしだいてほしかったのに……真智は物足りなさを感じながらも、女穴をきゅっと引き締めた。

「ん、締まってる……」

「でしょ？　気持ちいい？」

真智は自分から腰を使った。夫がするように上下に動かしてピストンしたり、ぐるぐると旋回させるように回してみたりと精一杯工夫した。

「ああ、すごい。奥まで届きそうよ」

次第に興が乗ってきて激しく腰を振った瞬間、ぽろっとペニスが抜けた。あわてて元の鞘に収めようと刀を手にして驚いた。それはすでに力を失って萎え始めていたのだ。

「ど、どうしたの？」

返事の代わりに寝息が聞こえてきた。夫は目をつぶって真智の腰の動きに酔っていたのではなく、眠っていたのだ。

妻とのセックスの最中に寝てしまう夫……頬をひっぱたいてやりたい衝動を抑えるのに必死だった。全裸の真智は、夫の腹の上から降りた。すでにペニスはぐにゃりと垂れてだらしなく彼の下腹にのっていた。すっかり寝こんでいるのか腹がゆっくりと上下している。結婚した頃より十キロぐらい体重が増えたらしいが、腹囲も着実に数字を伸ばしている。

全裸で腰を振っていた自分が馬鹿みたいに思えてきたので、早々にパジャマを着て自分の方のベッドへ移動した。

眠ってしまうほど性的魅力に欠ける女なのか……確かに真智も最近は女を忘れていることが多い。下着は機能性重視でセクシーさのかけらもない。満ちるが買ったようなランジェリーを身につけ、シナを作れば夫はやる気になるのだろうか……それも疑問だ。何やってるの、と呆れ顔で訊かれるのが関の山だろう。

夫は生活を共にする相手としては、ほとんど不満がない。自分のことは自分でできるし、子どもの面倒も積極的に見てくれるし、日常の細かい相談ごともきちんと耳を傾けてくれる。たまには真智の愚痴にも付き合ってくれたりするのだ。気分は安定しているし、怒鳴ったり急に機嫌が悪くなるようなこともない。

公務員なので景気不景気に左右されることや、リストラを心配する種はごく小さいものだろう。傍目には夫婦仲がよく親子関係も良好な理想のファミリーだ。けれども実際はこのザマだ。単に夫の性欲が弱いだけかもしれない。暴力をふるうわけでも家にお金を入れないわけでも、浮気を心配しているのでもない。ほんの些細な悩みではないか。

しかしだからこそ、どこの夫婦でも当然のようにしている営みが、自分たちに限ってできないのか……真智は悔しくてたまらなかった。この問題さえクリアすれば申し分のない夫なのに。

満ちるの提案に従って自分からすり寄っていってみたし、真智がリードしての行為も試みてみた。しかし効果はなし。さらなる努力が必要なのか、それとも諦めるべきか……真智はもうよくわからなくなっていた。

満ちるから紹介された座談会に出席する日、真智は久々に気合いを入れてお洒落していた。他の二人の主婦がどういった年代で、どういう人たちなのかわからないが、見劣りしたくなかったのだ。べつに写真を撮られるわけでもないだろうから、こんなに気を遣う必要はないのだが、最近年齢が気になり始めていた。

三十六歳という年齢は、二十代と間違うほど若々しい人と、すっかりおばさん臭い人とにわかれる頃だ。残念だが前者は社会に出てばりばり働くキャリア系に多く、後者は専業主婦に多いのが現実だ。常に人目を気にする緊張感がきれいに見える秘訣であることは確かだ。キャリア系の女性は、締め付けない下着やウエストにゴムの入ったボトムスは身につけないだろうし、靴はヒールが基本なのだろう。

一方、まだ子どもに手がかかるような年齢では、服はとにかく着ていて楽が一番だし、靴もスニーカーかぺたんこ靴が多くなってしまう。たまに見かける、とても若くして子持ちになったママたちは、娘時代からの自分のスタイルを決して変えようとはせず、ベビーカーを押しながら平気でミニスカやヒールの靴、明るい色にヘアカラーした髪をなびかせて闊歩している。

考えてみれば、真智はもう「女として見られる」ことを諦めてしまっている。女であることより、母であることの方が圧倒的に優先するのだ。若い愛人がいる満ちるはたぶん、同等なのかもしれないが、真智はそもそも女を発揮する場がない。外出といっても、家族と一緒かママ友同士だったりするのだから、異性の目を気にするようなこともない。

けれども座談会という馴れない場では、どう振る舞っていいのか気を遣うし、初対面ばかりの中で自分がどう見られるのかも気にしなければならないのだ。真智は着ていく服も熟考した。さんざん考えた挙げ句、やはり主婦らしさを出すのがいちばんと思い、数年前に買ってほとんど袖を通していないワンピースにした。

紺地に白の小さなドット柄で細身のシルエットのため多少はスリムに見える。流行にはあまり関係ないデザインなので古さは感じさせない。服は気に入っていたが当時は子どもが今よりもっと小さかったので、着ていく機会がなかったのだ。あの頃は動きやすいようにいつもパンツスタイルで、スカートを穿くことさえほとんどなかった。

久々に箱から取り出した七センチヒールのパンプスと、ブルガリのトワレもスプレーして真智は颯爽と出かけた。


「真智さん、ですね。お待ちしてましたよ」

わざわざ椅子から立ち上がって迎えてくれた男性は、思ったより年齢がいっていたが柔和な表情で挨拶をした。名刺をくれると期待していたが、差し出す様子はない。

「牧村と申します。緊張しなくていいですよ。何も難しいことは訊きませんからね」

五十代の半ばぐらいだろうか、白髪がだいぶ目立つが生え際がくっきりしている。真智は生理的に禿が苦手なので少し安心していた。いかにも作家らしく薄いブルーのシャツにアスコットタイをつけていた。

「……あの、ノンフィクションをお書きになっているとか？」

「そうなんです。今回のテーマは専業主婦ということで……実態に迫るっていうと大袈裟だけど、率直な生の声を聞きたいと思いましてね。真智さんは専業主婦、なんですよね？」

「ええ、でもほんのお小遣い程度ですけど、添削のアルバイトもしているんです。それなら自宅でできますから」

「ほう、添削ですか」

真智は知人からの紹介で小学生の学習プリントの添削のアルバイトをしている。やがて子どもの手が離れたら自宅でホームティーチャーをしたいと希望しているので、その足がかりにでもなればと思っていた。

「すみません、専業主婦という括《くく》りからはずれますか？」

「いやいや、いいですよ。そういった上昇志向のある主婦の方、いいですね。私自身は応援したい。で、どうなんでしょうね、最近は真智さんのように目標を持った主婦が多いんですかね？」

「それは……人によりますね。夫に養ってもらって、楽しているのがいちばんって考えている主婦も相変わらず多いですよ。でもこの世の中、いつ何時リストラにあうかわからないし、会社だってどんなに大手でも先はわからないじゃないですか」

「その通り。あなたのように賢い主婦が増えてくれるといいんだが」

真智は褒められてすっかり気分がよくなり、自分のことを夢中で話していた。牧村は聞き上手で、頷きながら時に目を細めて微笑んだ。

「何だか私ばっかり話してますね。あ、そういえば他の方たち遅いですね」

注文したコーヒーのカップはほとんど空になり、約束の一時から二十分近く過ぎていた。

「ああ、急にキャンセルになったんですよ。何でも幼稚園から急に連絡がきてお子さんを迎えに来てほしいって」

「二人とも、ですか？」

「近所に不審者が出たとか言ってました。引き取りに行かなくちゃならないそうで。いろいろやっかいですね」

「お子さんを同じ幼稚園に通わせている方たちなんですね……じゃあ、きょうは私、ひとりですか？」

「そういうことです。二人は別の日にでもまた」

「ご連絡くだされば、日にちを改めましたのに」

真智は一対一になったことに多少不安を感じていた。

「いやいや、僕もきょうはこのために予定を空けていたのでね。もし真智さんの迷惑になららなければ、ぜひこのまま話を聞かせてほしいのですが……」

牧村の、押しつけがましくない態度が真智の気持ちを和ませた。二人がこないのはそちらの事情なのだし、真智も改めて出直すよりはこのまま続けたいと思っていた。

「はい、喜んでお話しします」

「そうですか、よかった。じゃあ、ここは少し騒がしいので場所を移しませんか？」

近くのテーブルに女性ばかり六人のグループがやって来たので、おしゃべりの声が少々響いた。

「いいですよ」

「じゃあ、上で」

真智は言われるままに彼について席を立った。牧村は立ち上がると思ったよりも大柄でがっしりとした体軀だった。さっさと会計をすませると、奥のエレベーターに向かった。上層階にラウンジがあるので、そちらへ移動するものとてっきり思いこんでいた。

エレベーターのボタンを押した数字が途中階だったので、真智は不審に思って尋ねてみた。

「あの、どちらへ」

「ん……」

返事を聞く前にエレベーターは止まり、彼は降りた。それは客室ばかりのフロアだった。

早足で歩く彼を後ろから追いながら真智は再度訊いた。

「上の階のラウンジに行くんじゃないんですか?」

「ラウンジは昼間はやってないよ。夕方五時からだ」

「じゃあ、どちらへ?」

「僕の部屋はここなんだ。ここの方が落ち着くし、いろいろと揃ってる。録音できるレコーダーとかね」

カードキーで施錠を解くとさっとドアを開けて真智を引き入れた。そこはツインベッドルームで、デスクには確かに仕事場らしくノート型パソコンや本やノートやらが雑然と散らかっていた。

踵《きびす》を返して出て行くべきか……と真智は一瞬悩んだが、もう部屋に入ってしまったし、意気地がないと思われるのもシャクなのでしばらくいることにした。

「座って。楽にしてよ」

椅子を勧められたので、きちんと足を揃えて座った。

「今、飲み物作るから」

牧村はミニバーの周辺でグラスを出したり冷蔵庫からミネラルウォーターと氷を出したりしていた。いつも仕事の時はホテルを利用しているのか、身のこなしがとても馴れているように見えた。

「あの、おかまいなく」

「僕が飲みたいんだ。せっかくだから一杯だけでも付き合ってよ」

自分の部屋に戻ってきたせいか、急に言葉遣いが馴れ馴れしくなったような気がした。

彼は二人分の水割りか何か、薄く色がついた氷入りの飲み物が入ったグラスを運んできた。

「昼間だからね、アルコールはかなり薄くしてあるよ」

「あ、すみません」

二人はグラスを合わせるジェスチャーだけして乾杯の真似をした。ほのかにウイスキーの味がした。真智はアルコールは割合強い方なので、このくらい飲んでも顔色ひとつ変わらないはずだ。

「さっきは人がいたからあまり訊けなかったんだけど。どうなんだろうね、最近の主婦のセックスライフは」

直接すぎる質問に、真智は内心たじろいだ。だが精一杯動揺を隠し理性的に答えるよう努めようとしていた。

「主婦売春とか、そういったことですか？」

「まあ、そういったことも含めて」

「世間で話題にするようなふしだらな主婦って、案外少ないんじゃないでしょうかね。確かにそういう人もいるかもしれないけれど、大半は家族のために家事と育児に励んでいる普通の主婦ですよ。ママ友同士で甘いものを食べながらおしゃべりするのが唯一の楽しみ、みたいな」

「本当にそうなのかね」

「ええ、少なくとも私の周りはそういう主婦ばかりです」

「じゃあ、みんな旦那とのセックスライフに満足している、と」

「さあ、それは……個人によってそれぞれでしょうけど」

「そういう話は友達同士でしないのかな」

「ほとんどしませんね」

満ちるから根掘り葉掘り聞き出されることはあっても、他のママ友同士でそのような立ち入った話題になることはなかった。

「じゃあ、真智さんはどうなのかな？　ご亭主と夜の生活は」

牧村の視線がそれまでと少しちがってきたことに、真智は気づいたが水割りのせいだろうと解釈した。

「え……普通、だと思いますけど」

「普通ねえ、何が普通なんだろうねえ」

「特別なことはしていないし、頻度だってそれほど多くはないし」

「週一ぐらいのペース？　金曜日の夜とか」

「……最近はもっと少ないです」

「少ない？　じゃ、月に二、三回か」

「いいえっ、月に一度もないです」

「あらら、それはそれは。旦那は仕事が忙しくてお疲れぎみなのかな。じゃあ、二ヶ月に一度ぐらい」

「もっと少ないですよ。せいぜい半年に一度ですね。盆と正月って言ってもいいぐらいですね」

　最初は質問に警戒していた真智だったが、つい真実を口走ってしまった。

「そりゃ、セックスレスだ」

「はい、その通りだと思います」

　真智はもう隠すつもりはなかった。この際、すべてぶちまけてもいいと思った。

「その年齢で半年に一度っていうのは、気の毒すぎる。あなたから迫ってもダメなの、旦那は」

「ダメですね。この間なんか、最中に寝ちゃってました」

「ええっ、一体どういうこと？」

牧村の巧みな誘導のおかげで、真智は先日の夜の出来事を大雑把に語ってしまった。もう半ば自虐ぎみだった。

「そうか、あなたの方が上に乗っかってたんだな。騎乗位ってやつだね。旦那はあんまり気持ちがよくて眠ったのか……いや、それはあり得ないな。男の場合、気持ちがよけりゃ出したくなるもんだから、寝るなんて絶対にないから」

「きっと私のやり方が眠気を誘ったんだと思います。結婚十二年目の夫婦だからもう新鮮味もないし。飽きちゃったんでしょうね。もともと性欲の薄い人だったし」

「へえ、そうなんだ」

「子どもが生まれた後、激減しましたね。主人を、出産に立ち合わせたのがよくなかったみたいなんです。目の前でアレを見たのが、すごくショックだったみたいなんです。我が子が生まれる感動より、ショックの方が大きかったようで。それ以後もう私を女とは見られなくなったって」

「うん、わかるよ。男ってのは所詮気が小さくてだらしないんだ。アソコから赤ん坊の頭が出てくるのなんか見たら、そのシーンが瞼《まぶた》の裏に焼きついて離れないんだよ。そこはもうセックスのためじゃなくて子を産む器官なんだね」

「でも、新品のに取り換えるわけにはいかないですから」

「ははは、あなた面白いこと言うねえ。しかし、もったいないなあ。こんないい女なのに。十分若いし魅力的だよ」

「おだてないでください。ただのおばちゃんですから、私」

「そんなことないって。メリハリのあるボディ、そそられるよ。何ならちょっと、試してみるかい僕と？」

その瞬間、牧村の目の光り方が変わった。それまでは長い前置きで、やっと本題に入ったという感じだった。舐めるような視線を真智の全身に投げかけていた。

「いやだわ、私、何しゃべっているんだろう。すみません、もう行かないと……」

いきなり椅子から立ち上がった真智は、ふらっと立ちくらみがしてその場によろけそうになった。

「おおっ、危ないな」

牧村の大きな体が真智を後ろから支えた。ぎゅっと両肩を摑まれ、小柄な真智は彼の体にすっぽり隠れるように立っていた。

「すみません。何だかくらくらして……」

「急ぐことないよ。ここでゆっくり休んでいけばいいから」

あのくらいのアルコールで酔うはずがないのに、真智は頭がぼうっとして体もふらついていた。気分は悪くないが機敏な動きはできそうもなかった。

すると後ろからすっとワンピースの胸元に手を入れられた。牧村の大きい掌がすぐさまブラの中まで侵入してきたのだ。

「ああ、やっぱりね。いいおっぱいしてる」

先ほどから彼の視線がちらちらと胸に注がれているのは感じていた。ドット柄のワンピースは前開きでVネックが広めに開いているため、簡単に手が入ってしまった。

「いや、やめてっ、離してっ」

「むっちりしてるな……この体、さぞ持て余しているんだろうね。旦那にぜんぜんかまってもらえないとは、運が悪すぎだ。ほら、もう乳首立ってるし」

真智は必死で抗《あらが》おうとしたが、まったく体に力が入らない。後ろからしっかりと抱きすくめられ、彼の右手は乳房を揉みしだき左手はワンピースのボタンを次々にはずしていった。

「いやよ、ダメっ」

しかしワンピースが床にすとんと落ちて、半分脱げかけたブラとパンティ、そしてパンストだけの格好になってしまうと、彼はいきなり真智の両足を掬い上げて、横抱きにするのだった。

「何するの、やめてやめて……」

「あんたがして欲しいことをしてあげるんだよ」

真智は足をばたつかせて抵抗したが、彼はベッドの上に真智の体を投げた。

「ああ、お願い。帰して……」

「お楽しみがすんだら帰っていいよ。もしかすると、帰りたくなくなるかもしれないけどね」

牧村は唇を歪めてにやっと笑いながら、自分もワイシャツからズボン、ブリーフと次々に脱いでいった。そして横たわる真智の両膝を無理やり広げた。

「このむちむちした太股が、肉色のパンストに包まれているのにたまらなくそそられるんだよな」

「ああ、いや……」

しかし真智はどうすることもできず、彼にされるままになっていた。下半身はパンティとパンストだけ、という何やらいやらしい格好のまま、ブラはむしり取られ膝はだらしなく広がっていた。

彼はいきなり股間に顔をつけてきた。そしてパンティとパンストの上から熱い息を吹きかけるのだった。

「ん、んんん……」

むあっとしたスチームが股間にこもり、今まで経験したことのないような妙な感覚に襲われた。彼は股間や太股に顔を擦りつけながら時折息を吹きかけていった。

「あんた、男漁りしているようには見えないから、男に抱かれるのは久しぶりなんだろ？たっぷり楽しもうな」

真智は股間から顔をのぞきこまれて、思わず目をつぶった。しかし彼は、それがOKのサインと受け取ったのか、パンストとその中のパンティをまとめて一気にずり下ろした。真智はもうどうにでもなれという投げやりな気持ちになっていたので、必死の抵抗はやめていた。

「おお、これは、いいな」

薄毛に覆われた土手は、無理やり足を押し広げられたためにスリットがぱっくりと口を開けていた。ピンク色の花芯が遠慮がちに顔をのぞかせ、濡れ光ってきらきら輝いていた。

「きれいだ。たまらんよ」

牧村はいきなり秘部に口をつけてきた。犬のように舌を大きく使ってそこいら中を舐め回すのだった。

「はあっ……んんん……」

　真智はその瞬間に体をぴくっと震わせ、言葉にならない呻き声をあげていた。夫はもう何年もオーラルセックスをしてくれないので、アソコを舐められるのは実に久しぶりだったのだ。全身の肌が粟立っているのを、彼は見逃さなかった。

「いいんだよ、素直に歓んで。鳥肌なんかたてちゃって、クンニもだいぶご無沙汰なんだろうな」

「は、はあ……」

　真智は顔を枕に埋めるように思いきりそむけた。久々のクンニリングスに悶えている様子は見られたくない。

「蜜がどくどく溢れて、もうびっしょりだよ。いいんだ、全部舐めてあげるから」

　彼は真智の股ぐらに顔を埋めるようにして、せっせと舌を使って女液を掻き出し啜りあげた。真智は全身の筋肉が弛緩したようになっていて力が抜け落ち、まともな思考さえ停止していた。それでも唯一、ヴァギナだけが別の生き物のように敏感に神経を尖らせ、生き生きと活性化していた。

　一時間ほど前までは知りもしなかった中年男とベッドを共にし、白髪交じりの頭が真智の股間にすっぽり収まって秘部を舐め回しているのだ。まったく想像もしていなかった展開だが、それでも肉体は素直に反応しているのに自分でも驚いていた。

彼の舌先が敏感な肉芽をとらえてツンツン突くと、真智は全身に電流が走ったようにがくがくっと体を震わせるのだった。もう喘ぎ声さえ出なかった。

「ふんっ、あんた、感じてるだろ」

体を痙攣させている真智を見下ろして、牧村が勝ち誇ったように言った。顔がすっかり上気して口の周りがびしょ濡れになっていた。

「イッたのか。クンニだけであっけなく、か。まあ、何ヶ月もご無沙汰じゃ、しょうがないな。もっと可愛がってやるから。あ、その前にこっちにも少しサービスしてくれよ」

何年ぶりかのオルガスムスに、すっかり我を忘れていた真智はようやく薄目を開けた。胸の動悸が止まらず、頭の中は相変わらず靄《もや》がかかったようにぼんやりしていた。

しかしやがて真智ははっきりと覚醒した。半開きになっていた唇に、無骨な肉の棒が押しつけられたのだ。

「ああっ、いやっ、やめて……」

「少しぐらいしゃぶってくれてもいいだろう。これからもっともっと気持ちよくさせてやるんだから」

真智は頭を振って抵抗したが無駄だった。シャワーも浴びていない男の逸物を無理やり咥えさせられたのだ。湿気を帯びてむせ返るような男の臭気を漂わせたそれは、真智の口には収まりきれないほどの嵩《かさ》ですぐに喉につかえそうだった。その根元にだらりとぶら下がっている嚢の大きさも、目を見張るものだった。

「ううっ、うぐ……」

頭を押さえつけられ、男根をねじこまれた真智は嘔吐しそうになるのを必死で堪えていた。息を吸うのを懸命に我慢していたがすぐに限界がきた。

「ははっ、尺八はあんまり馴れていないのかな。旦那のはいつ咥えたんだ？」

「ずっと前……」

真智はうっすらと涙を浮かべた目を逸らした。夫とはオーラルセックスはほとんどしたことがないのだ。夫以外にも、真智はフェラチオしたことがあるのはひとりしかいない。その時はとても好きな相手だったので喜んでしてあげたが、今回はよく知らない男の洗ってもいないペニスを口にしたのだ。ひどく屈辱的だったが、それより真智は早く彼のモノを受け入れたくてたまらなかった。今ならいくらでも股を開くつもりだ。

もうパンティもパンストも、ブラジャーも床に捨てられ真智はベッドの上に丸裸で転がされているのだ。羞恥も何もない。欲望に飢えた人妻……夫からかまってもらえず、見ず知らずの男に体を開き男根で貫かれるのをひたすら待っている。

「じゃ、いよいよハメるとするかな。奥さん、準備はいい？　ああもう、アソコはびしょ濡れだったな」

牧村はいやらしい言葉を吐くと、真智の上にのしかかってきた。小柄な真智は、彼の大きな体に押しつぶされそうになった。

「おっぱいの形、いいね。二人も産んでるのに崩れてない」

彼はざらつく大きな掌で乳房を包みこみ、じっくりと揉みあげた。吸って……と言いたかったが代わりに胸を突き出すと、彼はすぐさま乳首に吸いついてきた。夫より遥かに勘がいい。女の扱いに馴れているし、歓ばせ方も心得ている。

「はあん……」

真智は胸が感じるので、タッチされたり吸われるとすぐに悶えてしまう。真智は思わず甘い吐息をもらしていた。

「ここも感じるようだな」

牧村は左右とも豆粒を舐め、吸ってくれた。特に乳輪の周りを舌で丁寧になぞられた時は鳥肌がたったほどだ。

「ああん……」

早くきて、もう我慢できないの……と真智は叫びそうになっていた。

「そうか、そうか、欲しいのか」

何も言わなくても真智が望んでいることはすべて反応でわかるようだ。彼は真智の膝を押し開いた。いよいよくる、と思うと武者震いしそうになった。先日、夫から受けた屈辱を一刻も早く忘れたい。そのためにも我を忘れるほど性交に没頭したかった。

「くっ、くうううう……」

最初の一突きで、真智は早くも声を漏らしそうになって堪えるのに必死だった。

「ふんっ、どうだ、なかなかのもんだろ」

牧村はゆっくりとしたテンポで、だが深く着実に抜き挿しした。素早く腰を引いて、カリの部分を残して抜きそうになった後、再び一気に突入するのだが、たっぷりすぎるほどのオイルのおかげで何の抵抗もなく出し入れできた。

真智にとっては、ほとんど錆《さ》びつく寸前だった花弁が潤いを取り戻したのだ。そして改めて、ヴァギナにペニスを打ちつけることが、原始的だがこれぞ快感と呼べるものだと悟った。本当に、真智は嬉しくてしょうがなかった。どんな相手だろうがそれはこの際二の次だ。これほどの充足感を与えてくれるのだから、どこのだれでもかまわない。

正常位で受け入れるため、真智は両足を思い切り開いて大きなMの字を作っていた。かぼそい脛が逞しい背中の脇でぶらぶらと揺れた。そして真智は、いつの間にか彼の背中に手を回していた。適度に脂ののった背中が汗でぬるついていたが、真智は爪が食い込みそうなほどしっかり抱いていた。彼の力強いピストンに合わせて真智も腰を動かした。快感を追求するとごく自然に呼応してしまうのだった。

「ん、自分から腰なんか振って。そんなに気持ちいいのか」

こくん、と真智は小さく頷いた。歓びを与えてくれる牧村の前で真智は幼子になったような気分だった。

「じゃ、今度はあんたが上になる番だ。こっちは年でね、少し楽させてくれよ」

彼は器用に合体したままの状態で、小柄の真智を抱いてくるっと向きを変えた。真智は彼の腹の上で体を起こし馬乗りの姿勢になった。この体位で夫は眠ってしまったのだ。本当にあり得ないことだが、まさかこの男も……と少々不安がよぎった。

だが上に乗ってゆっくり腰を動かし始めてみて、たちまち不安は解消された。彼がずんずん突き上げてくるのだ。真智の緩慢な動きなど無視するように、力強く下から挿してくる。あまりの激しい動きに、馬から落とされるのではないかと思ったほどだ。

牧村は下から両手を伸ばして乳房をまさぐった。大きな掌で揉みあげながら、先端の蕾を指でつまんでくりくりといたずらする。

「はあ〜〜〜んっ」

真智は思わずのけ反った。まとめていた髪はすっかり解けて激しく乱れていた。しっかり足を踏ん張っていないと落とされてしまう。

「ふうっ、ひと休みだ」

ハッと我に返った真智は、彼の腹の上で一瞬動きを止めたがすぐにまた再開した。今度は自分から腰を使い始めた。最初は小刻みにヒップを振る程度だったが、徐々に馴れてくると大きくひねったりグラインドさせたりして器用に動いた。

「あっ、あは〜、あは〜〜ん」

牧村は下から冷ややかな視線で真智の乱れた様を観察していた。突然ずんっと彼が下から突き上げると、真智は叫びながら後ろに大きくのけ反った。

「おお、危ない、危ない。そんなに興奮するなよ」

「だってぇ〜、すごいんだもの」

「さあ、今度は後ろからしようかな」

驚いたことに彼はまだフィニッシュしそうもない。先ほどからずっと挿入したままだが、どれだけ長持ちできるのか不思議でならなかった。

一旦抜き取ったペニスは女液が絡みついて全体が濡れ光っていた。長太いスティックは垂直に立ったまま、少しも力を失ってはいなかった。

彼は真智をうつ伏せにさせた。バックと聞いて四つん這いを想像していたが、ちがうらしい。もうすべて彼に任せることにして言いなりだった。

そのまま彼は真智の背中に覆いかぶさるようにして、ヒップの割れ目にペニスの先端を当てた。真智は彼が挿入しやすいように、やや腰を浮かせるようにして待った。

「いいお尻してるね。形もサイズも理想的だよ。肌が白くてつやつやだし」

彼は乾いた掌でヒップをじっくり撫で感触を味わっていたが、おもむろにぐさりと挿してきた。

「あんっ……」

夫とは経験のない体位だ。姿勢がつらいかと思ったが、彼の棹《さお》が長いので動かしても抜ける心配はない。

「どう？　後ろからも悪くないだろ」

「はあんっ、はんっ」

やがて彼は、後ろから真智を抱いたまま横向きに寝てゆっくりと抜き挿しを繰り返した。

激しい打ち込みにも興奮するが、大きな体で後ろからすっぽりと抱かれ緩慢な動きに酔いしれるのも悪くない。

「あんた、体の相性は抜群だな。すごくいいよ」

牧村は耳元で囁きながら、後ろからぎゅっと抱き締めたのだ。セックスの最中にこんなことをされたのは新婚の頃にも記憶がない。とにかく夫は淡泊なのだ。

「ほら、ここ触ってごらん。きっちり繫がってるだろ」

彼は真智の手を取って股間に誘導した。後ろから、肉杭が花弁にしっかりと食い込んでいるのがわかった。

「いやぁん……は、入ってる」

羞恥のあまり真智は小さく叫んでしまった。

「そうだよ、入ってるな」

真智はこれまで味わったことのない充実感でいっぱいだった。性的満足は、付き合いの長さで決まるわけではないのだ。どんな馴れ親しんだ相手でもダメなものはダメだし、ほとんど知らない相手でもセックスの相性はぴったりということもある、ということを真智は初めて認識した。

やはりヴァギナにはペニスが必要なのだ。もちろん役にたつ逸物でなければならないが。

「どうかな、そろそろイッてもいい？」

「……ええ」

少し残念だったが、もう一時間ぐらい挿入したままなので彼も限界なのだろう。次第に送り込みのスピードが速くなっていった。

「直前で抜くかい？　それとも中出ししても……」

成りゆきで結んだ関係なのに、そんなことを訊いてくれるだけで真智は感激していた。

「ぬ、抜かないで……」

真智が叫ぶように言った途端、彼は猛烈な勢いでピストンを開始した。最後の最後まで楽しみたいので、寸前で抜かれることなど考えられない。どくどくと中に出してもらってこそ歓びがある。夫は数少ない性交時にも必ず外に出す。

「あっ、あああ……出るっ」

牧村は真智の小柄な体を後ろからぎゅっと抱いたまま、腰を強く押しつけるようにして果てた。直後に彼の全身もぶるっと震えた。

「全部出したよ」

「あわてて抜かなくていいわ。自然で」

真智は少し甘えたような声で言った。その瞬間は、十年以上連れ添った夫よりも牧村に情を感じていた。こんなに気持ちいい思いをさせてくれるのだから、悪い男のはずはない、と。どこか信じたい気持ちでいっぱいだった。

しばらくして逸物が収縮し真智の中から抜け落ちると、彼はゆっくり体を起こして「先にシャワー使うよ」と言い残しバスルームに消えた。

真智は彼の背中を見送るとすぐに起きた。もう頭の中は靄が消えてすっきりと冴えわたっていたのだ。夢の時間はお終《しま》いだ。

全裸のまま立ち上がって、彼が仕事に使っているデスクの前に行ってみた。パソコンの横に何冊かの文庫本が重ねて置いてあった。すべて官能小説で同じ作家のものだ。全部のタイトルに「人妻」がついている。表紙はどれも匂いたつような妖艶な女性のイラストだ。真智は著者の名前を小さく口に出して言うと、頭の中に刻んだ。

それから床に落ちていた下着とワンピースを素早く身につけた。シャワーの音がまだ聞こえているうちに、真智はとりあえず部屋を出た。髪も化粧もまったく直していないが、とにかく一刻も早く部屋を出ることしか考えていなかった。振り返りもせずにエレベーターに直行した。

一階のロビー奥にトイレがあったことを思い出し、中に入って洗面台の前に立った。心なしか顔が引き締まって見える。牧村とのとても激しい行為で少しやつれたのかもしれないが、目だけはきらきらといつになく輝きを増していた。女としての歓喜を味わったからだろう。

座談会と聞いていたのにまったく予想もしていなかった事態になってしまったが、真智はここにきたことを後悔していなかった。少なくとも、ここ数年感じてきた性的欲求不満は完全に解消された。未知の領域に足を踏み入れてしまったような感覚だ。

疲れているはずなのに、下半身が軽く足が浮いてきそうだった。一本の肉柱がすべてを変えてしまった……真智はそっと唇を舐めた。

第四話　インモラルなレッスン

「うーん、何にしようかな。迷っちゃう」

　優奈は真剣な表情でメニューを睨んでいた。ランチの種類はそう多くないが、サラダやドリンク、プチデザートなど付けることもできるので、目移りしてあれこれ迷ってしまうのだ。

「満ちるさんは？　もう決まった？」

「私はＢＬＴサンド単品とカフェオレ、それでいいわ」

「あ、シンプルなんだ」

「お昼はそんなに食べないから軽めなの」

「私、なかなか決められないのよねー。カロリーのこととか考えるとますます悩むし」

「とりあえずいちばん食べたいものにしたら？　きょうはレッスンでカロリー消費してきたんでしょ？」

「まあね。でももうちょっと体、絞りたいのよね、本当は……年末に発表会があって、何と私も出ることになったのよ」

　優奈はバレエのレッスン帰りで、髪はまとめて小さくおだんごにしていた。服は着替えてるが衿元が広めに開いた長袖Tシャツなので、ほっそりした首が強調されている。

「スリムじゃないの」

「ダメダメ。男性にリフトしてもらうのに、重いと腰を痛めるから。バレリーナ並とはいかなくても、できるだけ近づかなくちゃ」

「私から見ると、優奈さんも十分にバレリーナ並だけど」

「こんなもんじゃないわよ、プロは。実際に見ると、みんなすっごく華奢なの」

　優奈は力をこめて強調した。

「プロじゃないんだから、いいんじゃない？　多少ふっくらでも。あなた体の線はきれいよ。とても子持ちとは思えない」

「ありがとう……じゃ、とりあえず私はセットにする」

　ウエイトレスがきたので、優奈はサーモンとクリームチーズ入りのベーグルサンドに、スープとサラダ、ドリンク付きのセットにした。

「ドリンクはアイスレモンティーでお願いします」

「あの、カフェオレはセット・ドリンクには入っていませんが……」

ウエイトレスが満ちるの方を向いて訊いた。

「私のはセットにしなくていいのよ」

「はい、わかりました」

ウエイトレスが立ち去ると、優奈はもう一度メニューに目を落とした。

「セットにしないで単品で注文すると、私のセット料金より高くなるのね」

「そうかも。でもいいのよ、私はスープとサラダは要らないし、カフェオレが飲みたいんだから。ここのはボールでたっぷり入ってるでしょ」

「私、貧乏性だからつい安くあげようとしちゃう。カロリーのことも考えずに」

「スープとサラダのカロリーなんて、たいしたことないわよ。おなか空いてるんでしょ？」

「もう、すっごく空いてる。朝、リンゴ半分しか食べないでレッスンに行ったから」

優奈はバレエのレッスンに行った帰りに、同じビルに入っている美容室に行ってきた満ちるとばったり会った。ちょうどお昼どきなので、二人でランチを摂るためにカフェに入ったのだ。

「あの美容室、満ちるさんの行きつけ？」

「そうね。ここ二、三年は通ってるかな」

満ちるはパーマのかかっていないセミロングのストレートヘアだが、明るい栗色に染めた髪がつやつやと輝いていかにも手入れが行き届いている感じだった。

「あそこ、けっこう高いでしょ。あ、満ちるさんには値段は重要じゃないのか」

「うーん、少し高いのかな。よくわからない。駅前でチラシ配っている店みたいに安くはないけど。でも、席と席の間隔が広いし従業員のおしゃべりもうるさくないから気に入ってるの」

「パーマとかカラー、待ってる間に飲み物出してくれるでしょ？」

「そう、その飲み物がね、ユニマットのじゃなくて、ちゃんと淹れたコーヒーが出てくるのよ。小さいクッキーが一枚ついて」

「わあ、何だか飛行機のファーストクラスって感じね。あ、乗ったことないけど」

優奈は美容室にはたまにしか行かないが、駅前でチラシを配っている格安店を回っている。どうも割引に弱い性格で、定価で支払うと損をした気分になる。満ちるが行きつけの店のカット料金は、格安店の三倍近くするのだ。

「いいなあ、私も値段とか気にしないで美容室に行きたいな。でも今はバレエのために髪を伸ばしているし、特に凝った髪型にしてないから正直どうでもいいんだ」

パーマは半年以上前にかけたきりだし、ショートヘアがそのまま伸びたような中途半端な髪だ。でも普段はゴムでまとめてポニーテールにしたり、ヘアクリップで留めているのであまり気にしていない。

「あら、服は毎日着替えられるけど、頭はそういうわけにいかないでしょ。私は着るものと同じぐらい気を配っているわよ」

「満ちるさんは……お仕事もしているし。私なんかヘアスタイル変えたって、どうせ旦那は気づきもしないのよ」

「気づいてても言わないだけかもしれないじゃない。やっぱり、いつもきれいにしている方がいいわよ。だって優奈さんは若いし、スタイルはいいし可愛いんだから」

「もう三十過ぎちゃったわ」

優奈はママ友仲間の中でいちばん年下で、三十一歳だ。二十三歳の時に、職場の先輩で当時付き合っていた男性とおめでた婚。その年に長男が生まれたが、若かったこともあり馴れない家事と育児でノイローゼ気味になったことから、実家を二世帯住宅に建て替えて、優奈たちは両親と同居するようになった。両親も、ひとり娘といっしょに暮らせて孫の世話もできるので大喜びなのだ。

夫もその生活に特に不満はなさそうだ。住宅ローンがない分、生活費に回せるし夫の小遣いの額も増える。それに優奈の両親が孫のために金を出したがるのだ。優奈も夫も喜んでその好意に甘えることにしている。だからこそパートにも行かず、昼間から優雅にバレエレッスンなどしていられる。

「ねえ、私時々考えるの……」

優奈はベーグルサンドをひとくち囓《かじ》ってからぽつりと言った。

「私、割りと早く結婚して子ども産んだでしょ。うちの子が二十歳になった時、私まだ四十三なのよね」

「それは若い」

「その頃、息子はもう私のことなんか必要なくなっていると思うの。じゃ、私、一体何のために生きるのかしら？　て考えるのね」

「四十三ならまだ何だってチャレンジできるわよ。働いてもいいし、自分で何か始めても。趣味に没頭してもいいじゃない。あと、ボランティアとか」

満ちるは、贅沢な悩みだと言わんばかりの表情だったが、一応まともに答えてくれた。

「うーん、それが私、何が好きか何をやっていいのか、自分でもよくわからないの。これといった人生の目標もないし」

「これから見つけられるわよ、きっと」

微笑んだ満ちるの目には哀れみに似た感情が浮かんでいた。

「働きもせず、親と同居して家事も育児もかなり楽してる。旦那が会社であくせく仕事している最中にのんきにバレエのレッスンなんかして、これでいいのかって考えるの」

「あなた、考えるだけマシよ。そんなことさえ考えずに当たり前だと思ってる主婦が多いわよ。でもね、とりあえず働く必要はないんでしょ？　勤労意欲はあるの？」

「いや……あんまりない、かな。仕事って、私、特技があるわけじゃないし何もできないでしょ。主人の給料は、そんなに悪くないのよ。それにうち、家賃がいらないし、親が何かと出してくれるから……」

すべて言い訳なのはわかっているが、優奈は実際、主婦というのは本当に楽だ、一度やったらやめられない、とさえ感じている。もちろんだれにも言ったことはないが。

「そうよね、あなたすごく恵まれてる。それってラッキーなのよ。だからって、べつに引け目を感じることもないわ」

「そうかしら……」

「仕事してないと一人前じゃないみたいな考え方は私、反対なの。男も女も、働かなくてすむ人は無理することないのよ。べつに恥じゃないわ」

「でも、代わりに何かしなくちゃね。特技を生かすとか勉強するとか、やっぱり何か打ち込むことがないと……私にはなさそうだけど」

優奈は食べかけのベーグルを皿に置きながら言った。

「特技とか趣味ってないの？　ああ、バレエは？　かなり打ち込んでるみたいじゃない」

「まあ、今はね。発表会に出ることになったから、今は週三ぐらいでレッスンに行ってるわ。昔に比べると体が思うように動かないし、なかなか勘が戻らなくて」

優奈は五歳から十三年間バレエを習っていて、一時は留学も考えたことがあった。しかし怪我をしたことがきっかけでプロの道は諦めたのだった。

その後は短大に行き、卒業後は父親のコネで商社に入ってＯＬをしたが、妊娠したことで慌ただしく結婚、そして退社した。長い間やめていたバレエは、子どもの入学を機に十一年ぶりにレッスンを再開したのだ。

「すごいじゃない。そんなに本格的にやってたんだ」

「でもダメ。あの世界は才能がものを言うから。努力とやる気だけじゃどうにもならないのよね。今は趣味で踊ってるから気は楽よ」

「ぜんぜん知らなかったわ。奥さんたちがやってる程度の、バレエの真似ごとみたいなのかと思ったら」

「美容バレエね。あれはあれで楽しそう。ストレッチして、体を柔軟にしておくのはいいと思う。中年になってからでも始められるし」

「トウシューズ履いているんでしょ、当然」

優奈はこくんと頷き、レッスンバッグのファスナーを少し開けて、中からトウシューズをちらりと見せた。ピンク色のサテン地で、足首に巻きつけるための長いリボンがついている。

「汚いから出さないけど……だいぶ履きつぶしちゃった。そろそろ替えないと」

「つま先って、痛くないの？」

「馴れてくるものよ。それにパッド入れてるしね」

「そうなんだ。あなた、立派に特技があるじゃない。こんな小さなつま先で、立ったり踊ったりできるなんて、私には考えられないもの」

「そんなのある程度バレエやってた人ならだれでもできるわよ。でもね、時々考えるんだ。あの時、怪我を治してバレエを続けていたらって。そりゃ、プリンシパルやソリストは無理でも、国内のバレエ団のコール・ド……あ、群舞を踊る人ね。それくらいならできたかもって。母はバレエ大好きだし続けたらいいのにって言ってくれたんだけど。私、根性ないから簡単に諦めちゃった。それで、受験もせずにエスカレーターで上がれる短大に進んで親のコネで会社入って。キャリア目指しているわけでもなく、三年でデキ婚。ほんと、なーんも考えてないバカ女よね」

優奈の口調は完全に自虐的だった。口に出して言うほど、自分の愚かさに辟易《へきえき》したが、自覚しながらこのぬるま湯的環境に甘んじている自分はもっと嫌だった。

「でも、いい旦那さんをゲットしたじゃない。十分幸せそうに見えるけど」

「まあね、旦那に不満はないの。いい人だし、うちの両親ともうまくやってるし、ちゃんと稼いできてくれる。でもこう言ったら何だけど、私、もっと社会勉強っていうか、いろいろな経験を積んでから結婚してもよかったかなって。デキ婚だから仕方ないけど、あの時もし妊娠しなかったら急いで結婚はしなかったと思うんだ。そうしたら今の旦那と結婚したかどうかもわからない」

「もっといろいろな男性とお付き合いしてから結婚してもよかったのにって、思っているの？」

「そうそう、そういうことよ。あ、別に後悔してるわけじゃないのよ。ただ、あと数人と付き合って、最終的に今の旦那に落ち着く、でもよかったのになって。虫がよすぎるかしらね」

「要するにもっと男遊びしたかった、と」

優奈は無言のまま微笑んだ。その通りよ、と目で訴えた。

「ＯＬ時代は付き合った人、旦那さんだけ？」

「あと、ひとり二人はいたけど。どっちもそんな長くは続いてない」

「同じ会社の人？」

「ええ、部署は違うけど……あ、そういえばもうひとりいた。ふふっ、忘れてたわ」

「結婚前に三人と付き合ったんだから、少なすぎることはないわよ」

「実はその三人目っていうのが……旦那と付き合い始めてからなの」

「あら、二股かけてたんだ」

「ていうかほんの遊びなんだけど、それがけっこうハマッて、ふふっ」

「何か話したそうね。全部吐き出しちゃいなさい」

「ああ、でも恥ずかしい話だし、昼間からこんなこと」

優奈は自分でも顔が赤くなっていることに気づいていた。昔から親の言うことはきちんと聞いてきたし、さほど反抗もしなかったし心配をかけるようなこともなかった。会社に入ってからも、仕事ができる社員とはほど遠いが、同僚に好かれ上司にも可愛いがられるタイプだったのだ。

そんな優奈が一度だけ密かにハメをはずしたことがあった。それは、すでに夫と交際を始めた後のことだったが……夏休みの期間だけアルバイトできていた男子大学生と「遊んだ」のだ。

仕事帰りに同僚たちと飲みに行ったことがきっかけで会話をするようになった。優奈の方がふたつ年上だったが、彼とはいちばん年も近いせいか話が弾んだ。二十歳になったばかりだというのに彼は酒が強く、酔ってしまった優奈と帰りの方向が同じだったので送ってもらうことにした。

だが気づくとなぜかラブホテルの部屋に二人でいた。優奈は訳がわからないまま彼とセックスした。嫌いなタイプではなかったし、大騒ぎして拒否するのはスマートではないような気がしたのだ。酔った勢い、ということで一度きりの関係にできるだろう。どうせ夏休みが終われば会うこともなくなるのだから、と彼の躍動を受け入れながらぼんやり考えていた。現在交際中の相手に対する罪悪感はあまりなかった。彼と大学生とでは格が違うし、比較にもならないからだ。言ってみれば、真剣交際と遊びのちがいか。

しかしいかにも手慣れたようなセックスとちがって、ただ欲望のままがつがつと女の体を貪る若いエネルギーが新鮮に感じられ多少惹かれたことも事実だ。しかし職場では何もなかったように振る舞った。

だが若い彼は優奈のことが忘れられなかったのか、その後も何度も接触してきた。優奈は断り続けたが、ある時彼を人気《ひとけ》のない会議室に呼び出して直接諭《さと》すことにした。だが話より前に、彼は優奈を見るなりいきなりキスしてきたのだ。そして大胆にも胸までまさぐってきた。

「ダメ、ここは鍵がかからないの。もし人がきたらどうするのよ」

「じゃあ、人がこないところならいいんだね」

彼はけろっとした顔で言った。

「そういうことじゃなくて。もうダメよ。あなたとは付き合えないし……」

「付き合ってくれなくてもいいよ。だけどねえ、ちょっとだけ胸にキスさせて。そうしたら諦めるから」

「こんなところでよく言うわよ」

揉み合っているうちに彼の股間が変化していくのがわかった。優奈は少しだけなら、とブラウスの胸を開いた。すると彼はブラを押し上げて乳房にしゃぶりついてきた。乳首を吸われるうち、優奈もついうっとりしてしまった。体の芯のあたりがカッと熱くなる。

「ねえ、こっちも触ってくれよ」

彼は優奈の手を取って誘導した。綿パンツの股間は外からでも隆起がはっきりわかるほどだ。

「いやだー、何これ」

「もうヤリたくてたまらない。この間の夜が忘れられないんだよ」

「だからあれはアクシデントだったの」

「とにかく触って。爆発しそうだ」

　彼が急いでファスナーを下ろすと中から勢いよく肉棒が飛び出してきた。ピンク色で丸い先端がつやつやと輝いていた。すんなりとした形もきれいで魚肉ソーセージを思い起こさせ、グロテスクさはなかった。優奈が握ってやると、彼はせつない声を出した。

「ああ、そのまま擦って……もう少し強く」

　優奈は手の力を加減しながら指先も使ってスティックを撫で上げた。彼は壁に背中をあずけるようにして肩で息をしていた。

「お願いだから……ちょっとだけでいいから……先っぽだけでも入れさせて」

「何を言うの、絶対に無理だから」

　しかし優奈はスティックは離さなかった。いろいろ変化するそれは玩具にしたり観察するには興味深い対象だったからだ。

「だったら……アソコ触らせて。ちょっとだけでいいから」

「えー」

「このままじゃ、僕、おかしくなりそうだよ。どうかなっちゃう」

　大袈裟な口ぶりに優奈は笑いがこみ上げてきたが、彼がスカートの下に手を入れてくるのは拒まなかった。パンストの上から股間をまさぐってくるのだ。

「ああ、ここ。ここに突っ込んだんだよね、僕のを、何度も何度も突っ込んだ」

彼は目をつぶって先日の夜の激しい性交を思い出しているようだった。

「そうよ、すごかった」

「君もさ、何度もイッただろ。ケダモノみたいな声あげてたし」

交際相手の前ではおとなしくされるままになっている優奈だが、年下の彼とは本能のままにファックした。

「腰の振り方がすごかったよ。アソコがきゅっと締まって、僕のがちぎれるかと思った」

「ふふっ、オーバーね。こんな太いのが簡単にちぎれるわけがない」

優奈が少し力をこめて握りしめると、途端に彼が呻いた。

「ううっ、もうダメだっ……」

先端から白い液が二度三度と勢いよく噴き出した。

「やだ、ほんとに出すなんて」

優奈がぱっと手を離したせいで、樹液はカーペットの床に飛んで落ちた。吐き捨てた痰のように粘り気があった。

「ああ……イッちゃった」

「もうっ、こんなところでイッちゃうなんて、信じられない。ちゃんときれいにしておいてね」

「えー、どうすりゃいいんだよ」

「ほんっとに、もう」

優奈はポケットからティッシュを取り出して彼に渡し、さっさと会議室を出た。もちろん人に見られていないかそっと窺いながら。

席に戻る前にトイレに寄ったが、その時初めて股間がぐっしょり濡れていたことに気づいた。優奈もまた、欲していたのだ。


「それ以降、会社の中でするのが癖になっちゃって」

「えっ、じゃあ何度もしたの？」

「彼が夏休みの間だけだから、十回ぐらいかな」

「うわっ、そんなに？　大胆ね」

満ちるは目を丸くして驚いた。優奈の話に口を挟むこともなく、時折小さく頷いたり含み笑いをしながら聞いていたのだが、初めてはっきりと反応を見せた。

「びっくりするようなことかしら？　社内でっていうのがポイントなの」

「ホテルとか家には行かないんだ」

「私、はっきり言って彼とホテルでセックスする気はなかった。職場だと思うから興奮するのよ。その相手がたまたま若い彼だった、と。だって今の旦那とはまさか、ね。仕事中に抜け出して非常階段や使ってない会議室やらで密会するなんて」

「あの、それって……お触りするだけなの？」

「ううん、それじゃすまなくなって、本番やっちゃった。立ったまままとか階段に手をついて後ろからとか」

「へえ、よく見つからなかったわね」

「だってせいぜい十分でお終いよ。ほら、若いからすぐイッちゃうの。コピー室がいちばんスリリングだったかな。だっていつ人が入ってくるかわからないんだもの。すごく興奮したわ」

優奈はグラスの水をひとくち飲んだ。セットのアイスティーは話している最中に飲み干してしまった。

「若い彼と社内でそういう悪さしている時も、ご主人さんとは変わらずに付き合ってたんでしょ？」

「もちろんよ。旦那には内緒で遊んでただけ。どうせ夏休みだけの期間限定だし。若い方の彼もね、同じ大学にちゃんと付き合ってる彼女がいたの。でも夏休みの間は彼女が田舎に帰ってて会えないいんだって。だからその間だけ私と」

「完全に割り切ってたんだ。優奈さん、やるわね。さっき、もっといろいろな経験してから結婚すればよかったたって言ってたけど、それも十分レアな体験よ」

「ほんと？　満ちるさん、そう思う？　でも今のＯＬの方がずっとしっかりしてるし、すごい体験とかしてるかも。十年、いえ十五年前に戻れたらって、よく考えるの」

バレエを諦めたのだから、将来のことを見据えて進学先もきちんと考えればよかったのだ。もっと勉強して専門知識を身につけるとか、資格を取得するとか……優奈は何も考えていなかった。本当にバカな小娘だった。それは今でもたいして変わっていないのかもしれないが。いい夫に巡り会ったのは単に運がよかったのだろう。

「満ちるさん、私、そろそろ……」

こうやって長いランチでおしゃべりして発散するのが楽しみのひとつだが、何ひとつ建設的なことはなく、ただ時間と金を浪費しているだけだ。さっさと家に帰って手作りのおやつでも用意した方が喜ばれる。

「ねえ、優奈さん、実はちょっとした単発のアルバイトがあるんだけど。あなたにぴったり……ていうか私の周りではあなたぐらいしかこの仕事ができる人いないのよね」

「えっ、何？　どんなバイト？　教えて教えて」

椅子から立ち上がりかけた優奈は、伝票を再びテーブルに置いて体を乗り出すようにして聞き入った。

満ちるが紹介した仕事は、新しくオープンするダンススタジオのイメージ写真のモデルになることだった。プロのバレリーナに依頼する予算はないが、ポーズを作ったりする関係上、やはりバレエの経験がないと務まらない。

満ちるがその場ですぐに連絡を取り、日にちを決めた。持ち物で必要なのは、黒のレオタードに白タイツ、そしてトゥシューズは絶対だという。できればチュチュも、と言われたので練習用のものしか持ち合わせていないが一応持参することにした。

バレエ経験が仕事に役立つとは思ってもみなかったので、優奈はうれしかった。新しいスタジオというのも何だかわくわくする。

場所は優奈の住まいからは小一時間かかる郊外にあったが、駅のそばでわかりやすくビルの地下にあった。オープン前なのでスタジオの名前がまだ決まっていないのか、看板もかかっていなかった。

しかし、一歩スタジオの中に入ってみると予想以上に広く、リノリウムの床が真新しかった。

「やあ、お待ちしてましたよ」

四十歳ぐらいの派手な柄物のシャツを着た男が優奈を迎え入れた。

「よろしくお願いします。私、あの……こういう仕事馴れていないんですけど、私なんかでいいのかなって……」

「いいですよ、きれいな方だ。プロポーションもいいし。バレエは踊れますよね？」

「はい、プロ並みとはいきませんけど、子どもの頃からやってますから」

「上等上等」

園田と名乗った男はいやに愛想がよかった。そして挨拶もそこそこに、すぐ優奈を着替えさせた。更衣室は特にないが、スタジオの奥がカーテンで仕切られていて棚があり、荷物を置いて着替えるスペースになっている。こういった造りは特に珍しくはない。

優奈は普段のレッスン時には、ファッション性も兼ねた様々なカラーやデザインのレオタードを着用して楽しんでいるが、きょうは黒無地のレオタードという指定だった。バレエ学校の生徒みたいだと思いながら、レオタードと白タイツを身につけた。ラインが気になるので下着のパンティは穿かない。髪はバレリーナのように小さなだんごにした。もう馴れているのであまり鏡を見なくても器用にまとめられる。

「お待たせしました」

カーテンをさっと開けて出て行くと、園田は目を細めて頷いた。

「おお、いいねえ、レオタード姿が素敵だ。あれ、トゥシューズは？」

彼は、肌色のバレエシューズを履いている優奈の足元を鋭く指さして言った。

「いきなりトゥシューズですか？ ウォーミングアップしてないので、最初少しバーで足をならしてからにしたいなと……」

「いやあ、ダメダメ。そんな本格的に踊らなくていいんだからさ。早くトゥシューズ履いてよ」

そう言うならば、と優奈はバレエシューズを脱いだ。ストレッチもしていないので足を挫《くじ》かないか、少し不安だった。

「ああ、それそれ。いいねえ」

優奈がトゥシューズを履いていると園田はすぐ横にやってきてのぞきこんだ。つま先にパッドを入れ、足を滑りこませてからリボンを足首にしっかりと巻きつける。撮影なので汚れの少ない新しい方のトゥシューズを持参した。薄いピンク色のサテン地だ。

「あのう、カメラマンの方はまだいらっしゃらないんですか？」

「カメラマン？ こないよ。僕が撮るんだから」

彼は床にぽつんと置かれていたデジカメを指して言った。

「あ、そうなんですか……」

優奈はてっきりカメラマンとアシスタントがやって来て、グラビア撮影のようにアンブレラやレフ板などさまざまな機器を使用して撮るものと思い込んでいた。そういった撮影でモデルを務めるという初めての体験に胸をときめかせていたことは事実だ。しかしどうやら優奈の思い違いだったようだ。

「プロのカメラマンを雇う余裕なんか、とてもないよ」

そういうわりには、優奈の謝礼はけっこうな額なのだが。優奈は足首を回したりアキレス腱を伸ばしたり、屈伸や柔軟をして丁寧に準備運動をした。園田はレオタード姿の優奈をじっと見つめていた。

「開脚、どのくらい開くの？」

「そんなに柔らかい方じゃないですけど、一応百八十度いけると思いますよ」

園田が興味深そうに白タイツの足をじっと見つめていたので、優奈は床に腰を下ろして開脚してみせた。バレエを再開して二年以上経つので、最初は固くなっていた体もすっかり元に戻った。

「すごいな、膝も伸びてぴたっと床についているね」

「ある程度バレエ経験があれば、みんなこのくらいできますよ」

「そのまま体を前に倒せば胸も床につくんだろ？」

「ええ」

開脚したまま胸も腹も床につけた。体が薄っぺらになって床と一体化したようだ。

「ああ、柔らかいねえ……」

彼はとても満足している様子だった。

「その柔軟なところを写真に撮らせてよ」

彼はカメラを手にすると自分も床に這うようにして構えた。

「こんなポーズでいいんですか？」

優奈は開脚前屈のまま、顔だけ上げてカメラを見上げた。手持ちぶさたなので両手で頬杖をつくようにすると、その仕草が気に入ったようだった。後ろにも回りこんで撮っている。

「写真が趣味なんですか？」

「ん、まあ、趣味っていえば趣味かな」

結局、素人に撮られるのか……優奈はかなり落胆していた。だが仕事と割り切って気を取り直し、園田に言われるままポーズを取った。

「今度は立ってくれる？　えっと、Y字バランスできるよね。足、かなり高く上がるだろ」

「これですか？」

優奈は右足を横に上げて足首を手で摑んだ。何の苦もなく楽に上がってぐらつきもしない。

「もっとまっすぐ上がるでしょ、君なら。足が耳に触るぐらい」

「やってみます……」

トウシューズを履いた白い足が天井に向かってすっと伸びた。

「外国のダンサーとか、きれいに百八十度上がる人も珍しくないですけど、私はこのくらいが限界です」

優奈は右の太股を右手で抱えるようにして立った。つま先は、優奈の頭上にある。

「いや、いいよ。すごいすごい」

どうも園田の視線が優奈の股間に集中しているように思えたが、できるだけ気にしないことにした。

彼は持参した小さなポータブルプレイヤーにCDをセットして音楽を流した。「白鳥の湖」をバレエのレッスン用にアレンジしたCDで、優奈にも馴染みがあるレッスン曲だ。

「何でもいいから適当に動いたりポーズ作ってくれる？　そんなに激しく踊らなくてもいいから。いくつかパを組み合わせてさ」

「あ、はい……じゃあ、やってみます」

優奈は音楽に合わせて数種類の「パ」と呼ばれるバレエのステップを組み合わせて踊ってみせた。

「いいねえ、その調子」

しばらくの間うっとりと眺めていた彼はようやくカメラを構えた。先ほどからたいしてシャッターを押していないように見えるのだが、一体彼の本意はどこにあるのか不思議でならなかった。

「少し休憩しようか。喉、渇かない？　飲み物持ってくるよ」

園田はカメラを置いてからスタジオを出て行った。小柄なぽっちゃり体型で、いかにも運動神経が悪そうだ。およそダンスに縁がなさそうだが、バレエについての知識はあるように見える。

優奈はバーに足をのせて軽く柔軟していた。ウォーミングアップせずにいきなりトゥシューズで踊ることは、レッスン時には考えられないことなのだ。壁の一面は大きな鏡になっているので、自分の姿勢を時折チェックしていた。

「ほら、スポーツドリンク持ってきたよ」

「あ、すみません」

優奈は白タイツに包まれた長い足をバーから下ろした。レオタードにトゥシューズを履いている姿は、プロのバレエダンサーと言ってもいいくらいの完璧なスタイルだ。

勧められるまま、優奈は紙コップに入ったスポーツドリンクを飲んだ。とても喉が渇いていたので一気に飲み干してしまった。園田もいっしょに飲みながら、少し話をした。

彼は、その小太りなルックスからは想像できなかったが、小学生の頃にクラシックバレエを習ったことがあるという。

「興味はあったんだけど、とにかくみんなにからかわれて。本当はもっと続けて、高いジャンプとか速い回転とかできるようになりたかったな」

「それは、残念ですね。日本だとどうしてもバレエは女の子の習い事というイメージですものね」

「そうなんだ。男の子のクラスなんてないから、女の子たちに混じってひとりだけ男だった。隅っこで黙々とレッスンしたよ」

「今でもボーイズ・クラスのあるバレエスクールは少ないですよ。園田さん、勇気ありますね」

「ああ、女の子たちに気持ち悪いって思われてたし、意地悪されたりもうさんざんだよ。僕がもっとカッコいい男だったらちがうんだろうけど。君なんかバレエにぴったりの体型だね。スタイルがよくて、子どもがいるなんて信じられないよ」

「いえ、そんなことないです。昔はもっとスリムでした」

実は優奈は、満ちるからこの仕事の話を聞いて十日間で二キロ落とした。本気になればそのくらい痩せられるのだ。

「バレエ、お好きなんですね」

「好きっていうか、憧れかな。姉がやってたの見て、いいなあと思ってた。稽古場のぞいて怒られたこともあるよ。そんなに好きならやってみればって母親が頼んでくれたんだけど、結局周りの視線に堪えられなかった」

「今ならちがったかもしれないのに……」

「そうだね。田舎だったし、男の子は外で野球でもやってろって」

優奈は話をするうちに、最初の印象と違って園田に同情してしまった。その憧れの気持ちからダンススタジオの経営を思いついたのかもしれない。

「さ、そろそろまた始めようか。チュチュ持ってきた？　着けてくれるかなあ」

「練習用のですよ。ずっとしまってあったし、古いので少し汚れているんですけど」

白のチュールが何枚も重なってできたそれは、優奈がバレエを習っていた頃のもので、発表会の練習のために用意したのだ。レオタードの上からこれを穿けば、衣装を着けた時と同じ感覚で練習できる。

「いいから、早く着けてみて」

「チュチュのこの裾が広がった感覚、懐かしいなー」

「これぞバレエって感じだよね」

ウエストはゴムになっているので簡単に装着できる。優奈は黒いレオタードの上に白いチュチュを着けた。

「どうせなら、レオタードも白ならよかったのにな」

園田は何かこだわりがあるようだが、白いレオタードというのはレッスンではあまり着用しないし、優奈は持っていない。

「何かちょっと動いてくれる？　今度は回転がいいな。ピルエットかシェネでも」

「はあい」

優奈は少し助走をつけてからピルエットをダブルで回った。それからくるくると回りながら移動していった。途中で足がふらついてやり直したが、何とか小さく一周できた。園田は夢中でシャッターを押していた。

「ああ、何だかふらふらするわ」

「少し休んだら」

「おかしいな、このくらいで目が回るはずないのに……」

「馴れない撮影で緊張したのかも。ちょっと座ったら」

うまく踊ろうと気合いを入れたせいか、少しの回転で目が回ってしまった。その上、頭がぼうっとしている。優奈はチュチュを着けたまま壁にもたれて休んだ。動悸がしてうっすら汗もかいている。目を閉じてゆっくりと息をして呼吸を整えた。

何か気配を感じて目を開けると、園田がすぐ近くにきていた。あまりに接近していたので驚いて体を引いてしまった。

「ごめん、驚かせちゃったね」

「いえ、大丈夫です。少しよくなりましたから」

「ドリンクも飲む？」

「いえ、けっこうです」

立ち上がる時、まだ少しふらついたので彼が手を取ってくれた。

「それじゃ……つま先立ちでなくていいからポーズを作ってくれる？　アラベスクとかアティテュードとか適当にいろいろ」

言われた通り、優奈は片足で立ちもう片方の足を後ろへ伸ばした。腕は斜め前方と横に伸ばすのだが、軸足側を前に伸ばすか反対にするかで、第一から第四まで四つの種類のアラベスクがある。膝も曲げるのがアティテュードだが、優奈は次々に姿勢を変えていった。

「じゃ、次、アティテュード・エファァセ・デリエールで」

「わあ、何だかレッスンにきてるみたい」

優奈は笑いながらポーズを作った。少しでもきれいに撮られたいので、簡単なポーズでも気を抜かずにつま先から指先まで神経を張りめぐらせていた。

「おお、いいねえ。まさにバレリーナだ」

しかし優奈は先ほどから感じていたのだが、園田は全身を撮るには被写体に近づきすぎているような気がする。それになぜか後ろに回ることが多いのだ。水平に大きく広がったチュチュは、スカートとちがって穿いていてもヒップを隠すことはない。

「あの……ちゃんと撮れてますか？」

「もちろん。あ、もっと足上げて」

軸足と上げた方の足の間……つまり股間をのぞきこんでいるのは明らかだ。

「何、撮っているんですか？」

険しい表情で振り向いた瞬間、園田は優奈の下半身に抱きついてきた。チュチュの下に顔を突っ込もうとしているのだ。

「何するのっ！」

避けようとした途端に体がふらついて床に倒れそうになった。園田に腰を抱えられていたので、かろうじてバランスを保った。

「いやっ、離して！」

「もう……たまらない。これ以上がまんできないよ」

優奈は必死でバーにつかまり、体を振って園田を引き離そうと躍起になったが、彼は優奈の下半身をがっしりととらえていた。レオタードに包まれたヒップの割れ目あたりに鼻先をぐりぐりと擦りつけてきた。

「何なの、やめてよ。変態なの？」

「ああ、そうだね。ある意味、変態かもしれない。バレリーナ・フェチだから……チュチュの下のお股にたまらなくそそられるんだよ。ああ、この、レオタードに包まれたこんもりとふくらんだ土手。食べちゃいたいぐらいだ。さ、もっと腰を突き出せよ」

レオタードの股間を舐めていた彼は、荒い息をつきながら言った。

「やだ、もう……」

「ただのモデルじゃないことぐらい、最初からわかってたよね。あの金額だよ。普通にバレエのポーズ取るぐらいで五万ももらえると思う？　プリンシパルでもないのに」

その言葉を聞いて優奈はがくっと肩を落とし、同時に抵抗もやめた。少し前からうすうす感じていたが、やはりそうだったのか。カメラを通した園田の視線がどうにも卑猥で、ただのバレエ好きとはとても思えなかった。スタジオのイメージ写真のためだけに優奈を呼んだわけではなかったのだ。

ギャラのことは満ちるから聞いていなかった。直接交渉して決めてと言われ、電話で園田と話した時に初めて金額のことが話題に出た。

「どうだろう、五万で引き受けてくれるかな……」と言われた時、優奈はひどく驚いた。拘束時間も少ないしギャラはせいぜい一万円と踏んでいたからだ。しかしいきなり五万と言われ、自分にはそれくらいの価値があるのかもしれない、と妙な自信をつけてしまった。その金額に何か裏があることを、想像もしていなかった自分に落ち度があると言われても仕方がない。

「そういうこと、だったのね……」

「そうだよ、バレリーナとやるのが僕の長年の夢だったんだ。プロじゃないけど、君はそれっぽく見えるから、まあいいや」

「で、どうしたいわけ？　もう踊りなんか、どうでもいいんでしょ？」

真の狙いがわかった今、丁寧な言葉を遣う気にもなれなかった。

「やらしい写真、いっぱい撮ってたでしょ」

「ああ、バレリーナの股は永遠の憧れっていうか……そそられるからね。でも、他にもやりたいことはいっぱいあるんだ」

「バレリーナをエッチの対象にしたかったのね？」

「僕のことを、キモいとか嘲笑《あざわら》ってさんざんバカにした彼女たちに恨みがあるんだ。うんと穢《けが》してやる。あいつらだって上品そうな顔してるけど、裏で何やってるかわかりゃしないんだ」

バレエを習っている女の子たちからバカにされた恨みを、同じ格好をさせた女で晴らそうとしているのか。何だか哀れに思えてきた。

「好きにしたら」

優奈はすっかり投げやりになっていた。しかしこれからようやく第二部が始まるとは思ってもみなかったのだが。

優奈は園田に言われて床の上に仰向けになった。チュチュは脱いで最初の黒レオタードと白タイツ、それにピンクのトゥシューズ姿だ。

「ポワントって、形も素材も完璧だよね。よくこんなものを考え出したものだ。これを履いただけで妖精になったみたいだろ」

園田はトゥシューズを履いた足をうっとりと眺め、撫でていた。その手つきが宝物でも扱うように丁寧で慈しむようなのだ。

優奈は空虚な表情で天井を見つめていたが、ちらりと視線を落とすと彼がズボンを下ろすのが見えた。中から取り出した逸物はすでにスティック状態だったが、うやうやしく膝にのせた優奈の足にゆっくりと擦りつけるのだった。通称「ブタの鼻」と呼ばれるトゥシューズの先端の固い部分をペニスに当てた。

「あぁっ……これが、これがしたかったんだよ」

彼にとって神聖なトゥシューズを穢して興奮しているようだ。お世辞にも立派とは言えない逸物の先端を、ブタの鼻につんつんと押し当てている。

「ねえ、君、あのさ、素股って知ってる？」

「すまた？　何、それ」

優奈は怪訝《けげん》そうな顔で見上げた。

「ああ、やっぱり知らないのか……つまり、あのね。こういうことだよ。足をきっちり閉じてみて」

白タイツの両足を隙間がないほどぴたりとつけた。優奈の足は日本人ばなれしたまっすぐな足で、その上バレエで鍛えているのでしっかりと固い。いつもレッスンで内股を引き締めているので紙一枚挟めないほどだ。

「そう、ここ。ここだよ」

園田は太股の合わせ目に粗末なペニスを無理にねじこもうとした。ちらっと見ると、優奈の家で使っている太いマジックほどのサイズでしかない。

「何してるんですか？」

「これが素股だよ。アソコに入れずに、太股に挟んで擦るんだ」

「気持ちいいですか、それ」

「バレリーナの足だと思うと、興奮するんだ」

普通の子のむちむちした太股なら柔らかくて気持ちいいのかもしれないが、引き締まったタイツ越しの股では感触もよくないと思うのだが。彼は十分に興奮している様子だった。だから優奈は先ほどよりさらに力を入れて太股を引き締めた。

「あっ、いい。何かじわじわ締めつけてるよ」

彼はぜいぜいと肩で息をつき、顔を紅潮させていた。

「ねえ、君。フェラしてくれる？」

「ええっ」

優奈は思わず目を見開いた。

「嫌よ、冗談じゃないわ」

「あんなにギャラやったのに、おしゃぶりもしないのか？」

「そんなの聞いてないし。写真撮るって言っただけじゃないですか」

「冗談じゃないって言いたいのはこっちの方だよ。フェラぐらいサービスするだろ、普通」

彼は怒ったのか声を荒らげた。しかし優奈は決して怯まなかった。

「普通って、何が？　普段どんな子を買ってるのか知らないけど、私はちがうのよ。無理に口に突っ込んだりしたら、アレを嚙み切ってやる。タマだって潰せるんだから」

啖呵を切るのは気持ちよかった。もともとこぢんまりしたペニスがみるみるうちに萎《しお》れてしまった。派手なチェックのシャツの下は下半身剝き出しの彼は、かなり情けない格好だった。

「おっそろしいな……気が強いんだね」

優奈は鼻で笑った。内心どきどきしていたのだが、こういう時は弱味を見せたら終わりだと思った。

「じゃ、もう一度チュチュを穿いてバーにつかまってよ。足、二番ポジションで」

今度は指示に従った。チュチュは練習用だが広がっているので、着けると足元は見えなくなる。優奈は足を肩幅に開いてバーにつかまった。

「膝、まっすぐのまま背中が九十度になるくらい体を倒して」

園田が望むところは優奈にはよくわかっていた。言われた通りのポーズを取る。

「もっと、腰を突き出して！」

激しい口調に、優奈は思わず彼の方を向いた。チュチュが広がっているので真後ろは見えないが、鏡越しに見えた彼は優奈の尻に顔を突っ込んでくるところだった。

「ああ、また……」

バレリーナの股間がそんなに興奮するものなのか。やれやれと思ったその瞬間、レオタードの股の部分が引っ張られ、ジョキッと鋏《はさみ》で切る音が聞こえた。いつの間にかカメラバッグから鋏を取り出していたようだ。

「ちょっと、何するの」

「レオタードとタイツは、きょうのギャラで新しいの買えよな」

タイツにまで穴を開けたようだ。そこでようやく剝き出しになった秘部に、彼は顔を埋めてきた。匂いを嗅いだりぺちゃぺちゃと音をたてて舐めたりしている。

「やめてよ、気持ち悪い」

だが園田は本気で優奈の腰をがっしりと抱えこんで離さなかった。

「気持ち悪いことって、案外興奮するんだぜ」

彼は後ろから優奈の背中を舐めた。レオタードの背は広く開いているので、背中の半分までが露出しているのだ。

「あ、汗の味がする……いいなあ」

横の鏡に目をやると、彼は立ち上がって逸物を秘部に押し当てようとしていた。

「やめて、それだけは絶対ダメっ！」

だが言い終わらないうちに彼は、レオタードとタイツの裂け目から自分の持ち物を割れ目に押し込んでいた。

「はあっ、は、入った……入っちゃったよ」

園田はひどく興奮している様子で、収めたまますぐには動くこともできなかった。優奈はちらりと鏡越しに見たが、無理やり挿入されてしまった屈辱感が不思議と薄かった。

「ずっとやってみたかったんだ。憧れだったんだよ。チュチュを着けたバレリーナをバックから犯すのって。それを、今してるんだ。これが現実なんだよー。後ろからやっちゃってるんだ、ああ……」

彼は両手でしっかりと優奈の腰を押さえつけて固定すると、勢いをつけて抜き挿ししてきた。盛んに腰を使ってピストンしている。だが、その衝撃は優奈にはほとんど感じられない。こんな経験は初めてだが、理由は何となくわかる。

太マジックほどのサイズしかない園田の逸物……それをいくらスピードをつけて荒々しく出し入れしたところで快感にはほど遠い。何か小さなモノが、ヴァギナの周辺でちょこちょこと動き回っているようなのだ。

「おっと、はずれた。大丈夫、またすぐ入れてやるからね」

　動作の最中にぽろりとはずれるのは、彼のモノが短小だからだ。優奈がいくら入り口を引き締めても勢いあまって出てしまう。

「ぬるぬるだから滑りがよすぎるんだな。きゅっと締めろよ。バレリーナはお股締めるの、得意だろ？　いつもレッスンの時にケツの穴をきゅっと締めてるだろうが」

　そんな。いくら締め上げても、こんなちっぽけなモノではすぐにはずれてしまうのに……だが優奈は声に出して言わなかった。ギャラを支払ってくれる者への最低限のエチケットと言うべきだろう。しかし、園田自身は自分の持ち物のお粗末さに少しも気づいていないようなのだ。

「あっ、ああー、あっ、あっ」

　彼は自分のピストン運動に合わせて声をあげた。優奈もよがれば彼は喜ぶだろうが、とても芝居はできない。優奈はさらに深く背中を落とし、尻を突き出すポーズを取った。

「おお、すごい。そんなに背中が反るなんて、さすがバレリーナだな……うう、お股も締まってきた」

　優奈は気を紛らわせるために鏡を見た。彼と優奈の一部始終が映っている。醒めきっている優奈と対照的に、園田は顔を真っ赤にして興奮していた。せっせとピストンしている割りに、優奈には何の快感にも繋がらなかった。何か小さなモノがちょこちょこと動いている、という程度の感覚だ。子どもを産んでいるのでヴァギナが緩んでしまったのか……と心配になったぐらいだ。それにしても、夫の持ち物よりかなり小ぶりに見えたのだが。

それでも園田は優奈の腰を抱かえこむようにして、必死で腰を動かしていた。

「ああ、ダメだっ、もう出ちゃう……」

園田の締まりのない尻が一際激しくスライドしたかと思ったら、急にぴたりと止まった。まるで電池が切れてしまった玩具のようだ。すぐにペニスも抜け落ちた。

「ああ、気持ちよかったー」

「終わったのね」

感情のこもらない声で言った後、優奈はようやくバーから離れた。レオタードもタイツも無残に破られてしまったので、早く着替えたかった。

「ダメだよ。これでおしまいじゃないんだからね」

「えー、まだやるの？」

「してないこと、まだたくさんあるよ」

もう卑猥なポーズで写真を撮られるのも、短小男の相手をするのもうんざりだ。けれども優奈はどこかでこの状況を楽しんでいる自分に気づいていた。もしも嫌で嫌で堪えられなければ、逃げ出すことも可能だったのだ。目の前にいるこの変態が、次にどんな要求を突きつけてくるか期待していることも事実だ。

「ね、さっきの飲み物。あれ、ただのスポーツドリンクじゃないでしょ。薬か何か入れたわよね」

優奈はチュチュの下の足を胡座《あぐら》にしながら訊いた。もう無理に清楚なイメージを作る必要はないのだ。

「ああ、あれね。ちょっと気分を高める薬を混ぜたんだ。ほんの少しだよ」

「何？　ドラッグ？」

「いや、ほんの軽い……媚薬みたいなもの」

園田はにやにや笑いながら言葉を濁した。

「さっき少しの間、頭がぼうっとして体がふわふわした感じだったけど、そんなに効かなかったかも」

「やらしい気分になるんだよ。体の芯がむずむずするっていうか、セックスしたくなるような……」

「相手かまわずしたくなるの？　私には効果がなかったと思うけどな」

「僕じゃダメだっていうのか。ふんっ、こっちにきて、顔の上に座れよ」

「え、このままの格好で？」

「当たり前だろ。その格好に意味があるんだから」

彼は荒っぽい口調で言うと、床の上にごろんと仰向けになった。優奈が躊躇《ちゅうちょ》していると、足首を摑まれた。

「わかった……でも、顔の上に座るって……」

これまでの人生で一度も経験したことがない。もちろん優奈はレオタードもタイツも破かれているので性器は剝き出しなのだ。

「早くっ！」

床に寝ている彼の顔の上におそるおそる跨がった。

「おお、アソコが丸見えだな。下からだとまたすごい眺めだ」

「い、いやだ……」

「ほら、もっと腰を落とすんだ」

ぐいっと腰を引き寄せられて、本当に彼の顔の上に座る格好になった。だが大きく広がったチュチュのおかげで彼の顔はまったく見えない。

「あ……何、それ……変な感じ」

いきなり花芯に舌が入りこんできた。スリットをこじ開け、ちろちろと動きながら中に侵入してきた。しかも彼は陰唇にぴたりと口をつけて、時々ちゅるるっと音をたてて吸引しているのだ。

「あ、あああ……ダメ……」

クンニリングスされることが珍しいわけではないが、この状況、この体勢での体験はもちろん初めてだ。優奈はすっかりのぼせて次第に我を忘れていった。

園田はおそらく顔を真っ赤にしているだろう。ヴァギナに口をつけ、滴る愛汁を直接飲み干すことができるのだ。おまけにそれをチュチュの中でしているのだからますます興奮しているにちがいない。

「やだ、感じすぎちゃう……」

相変わらずせっせと花びらを舐めあげながら、彼の鼻先が優奈の最も敏感な箇所をぐりぐりと擦って刺激した。優奈の体が電流が走ったようにびくんっと震えた。よくしなる背中がくっと後ろに反り返った。

「ダメっ、それは、ダメぇ」

思わず腰を上げようとしたが、園田ががっしりと両手で抱えこんだ。チュチュの中にすっぽり顔を突っ込んで、彼は考えられる限りの卑猥なことを次々に行うのだった。

「ひっ、ひぃぃぃ……」

優奈は彼の顔の上に座って何度も達した。半ば気絶しかけて彼の上からずり落ちた時、ようやくチュチュの中から現れたその顔は、赤鬼のように上気し口の周りも頬もてらてらと濡れ光っていた。そしてまたゆっくりと優奈の上にのしかかるのだった。

第五話　派遣された女

　虹子は案内されたリビングルームのソファに座って、キッチンでコーヒーを淹れている満ちるを待った。

　落ち着いたボルドー色の革張りのソファは体が深く沈み、座り心地がよすぎて思わず眠ってしまいそうだ。一体、この応接セットだけでどのくらいの金額がするものだろうか……虹子は部屋のあちこちを見回した。棚には何やら高そうな壺がひとつだけぽつんと置かれているし、一方の壁には幾何学模様を描いたような絵画が飾ってあった。おそらく有名な画家か、これから有名になる人なのだろう。満ちるは先行投資にも余念がないはずだから。

　ガラステーブルの上に置かれた花瓶には、白いカラーの花が十本ほど束になって活けられていた。いかにもセンスのいい金持ちの家のインテリアだ。掃除が行き届いているのは、ハウスキーピングのサービスを利用しているからだろう。

　こんな家に住めるなら、夫の浮気ぐらい目をつぶるのも仕方ないかもしれない、と虹子は思った。どう転んでも、地方公務員の夫ではこんな生活を手に入れるのは不可能だ。

「お待たせ。私、コーヒーは深煎りが好きだからちょっと苦いかもよ。ミルクたっぷり入れてね」

満ちるはロイヤルコペンハーゲンの年代もののカップに注いだコーヒーを運んできた。芳醇な香りが部屋に漂った。

「大丈夫。私も苦めが好きだから」

虹子は差し出されたコーヒーをひとくち飲んだ。飲み終わるのがもったいないほどの深い味わいで、ストレートで最後まで飲みたいと思った。

「これ、美味しいコーヒーね」

「そう?」

「専門店で買うの? 高いんでしょ?」

満ちるは唇の端で笑ってから首を横に振った。

「ふふっ、駅前のスーパーよ。リッチブレンド、なかなかいけるでしょ。二百グラムで六百円ぐらいだったから安い方よね」

「えー、そうなんだ。淹れ方が上手だからなのね、きっと。カップも素敵だし」

「そうなの、安物のワインでもいいグラスに入れると、味もよくなったような気がするのよね」

　まるで虹子には味の善し悪しがわかっていない、と言っているような喩えではないか。そんな態度に初めの頃はいちいち腹をたてていたが、最近はもう気にしないようにしていた。彼女に他意はないということがわかったからだ。

「私ね、喫茶店で働いていたことがあるのよ。そこでコーヒーの淹れ方のコツを教えてもらったの。普通にペーパーフィルターを使うんだけど。一日に何杯も何杯も淹れるでしょ」

「へえ、満ちるさんて、いろいろなお仕事してたのね」

「若い頃は何でもやったわ。数えきれないぐらい……」

「それってご主人の不動産屋さんを手伝う前でしょ」

「ん、そう。そうね」

「でも満ちるさん、お兄ちゃんがもう高校生なんだから、学校を卒業して割りとすぐに結婚したんじゃ……」

「そうよ。学生時代から働いていたの、いろいろなところでアルバイト」

「ふうん、そうなんだ」

　満ちるはあまり詳しく語りたくない様子で言葉を濁した。謎の多い人なのだ。

　虹子はコーヒーの続きを飲みながら、足を組み深々と腰かけている満ちるを横目で見た。

「満ちるさん、人材派遣の仕事始めたんでしょ？　私も登録してもらおうかな」

「え……それ、冗談でしょ」

満ちるの口調は、まるでそれが迷惑だと言わんばかりだった。

「あ、ごめん。私みたいに何の取り柄もない人じゃ、登録は無理ね」

「そういう意味じゃないのよ。うちが扱ってる派遣は、ちょっと特殊っていうか。普通の人材派遣とはちがうから」

「何か特別な仕事ばかりなの？」

「逆よ。たとえば……秘書が急に一週間休みを取ったから、その間だけきてほしいとか。そういう半端な派遣が多いの。セールをやるから一日だけ、お店の手伝いとか」

「ああ、なるほど。それならますます都合がいいわ。私にも声かけてほしいな」

「仕事したいんだ」

「うん、まだ子ども小さいからフルタイムは無理だし長期もダメだけど。これでも秘書は六年間やってたし。あ、私ね、宅建の資格も持ってるのよ」

「へえ、そうなんだ。いつ取ったの？」

それまで虹子の仕事にあまり興味がなさそうだった満ちるが、初めて関心を持ったようだ。

「お腹が大きい時よ。妊娠がわかってすぐに会社辞めたでしょ。暇だから何かしようって思ったのよ。ちょうど親戚のおじさんが不動産屋始めたところで、人手が足りないって言ってたの思い出して、資格だけでも取っておこうかなって」

「そうなんだ。じゃあ、ひとりで勉強したのね」

「試験は一度で合格したけど、おじさんはその後脳梗塞で倒れて仕事が続けられなくなって……不動産屋はもうやめちゃった」

「あら、せっかく資格取ったのに残念ね。あなたの頃は宅建に合格するの、けっこう大変だったでしょ」

「そうね。でも退職してからは暇だったし。子どもが生まれたら育児で大変で勉強どころじゃないだろうから、ぜひ妊娠中に合格しておきたかった。すごく大きなお腹で試験受けたのよ」

「えらいっ。私が宅建取った頃はまだそれほど難しくなかったのよ。チャンスだったわ。今は受験者が増えたから試験も難しいみたいで」

「満ちるさん、そんなに昔に取ったの？」

「二十年……あ、そこまでは昔じゃないか」

「でしょう？」

満ちるは笑ってごまかしたが、何か少し不自然だった。

「そういえばママ友、みんな満ちるさんの紹介でバイトしてるわね」

「そうね、たまたまだけど」

「優奈さん、バレエのモデルやったんでしょ。彼女きれいだものね、スタイルもいいし」

「それも偶然、ダンススタジオの広告モデルを探している人がいたから」

「この間、優奈さんに会ったんだけど。すごく気に入ってたわよ、バイト。報酬もよかったんですってね」

「あ、そう言ってたんだ。よかった」

「何度かスタジオに行ったみたいよ。オーナーの人に気に入られたみたいね」

「へえ、そうなんだ……」

満ちるは少し意外そうな顔をしたが、すぐに納得したように頷いた。

「私も何かお仕事、紹介してもらおうかなあ」

「虹子さんは、バイトとか興味ないと思った」

「そんなことないわよ。短期ならできるし。まあ、私が少しぐらい働いたって、何の意味もないかもしれないけど。そろそろ子どもの手が離れた時のこと考えて、準備しておかないと世の中から取り残されちゃう。また何か資格の勉強でも始めようかなって思い始めたところなの」

「えらいわね。ちゃんと先のこと考えてる」

「先々子どもにお金もかかってくるし」

「あなたみたいな人は中途半端なバイトより、ちゃんと正規の仕事に就いた方がいいと思うの。時間をかけてじっくり選べばいいわ」

満ちるはなぜか、虹子にアルバイトを紹介したくないような口ぶりだった。他の三人には声をかけたのに不思議だ。虹子は、自分がいちばん仕事に向いている人間だと自覚しているのだが、満ちるには伝わっていないのかもしれない。

「私、責任感あるし仕事はきちんとする方よ。秘書やってたからパソコンとか一応のオフィス仕事なら何でもできるし、社会人としての常識もある方だと思ってる……」

「わかってる。だからこそ、ちゃんと就職した方がいいのよ」

「うん、でもね、今すぐはフルタイムで働けない。だけど私、気分的に外に出たい気持ちもあるのよね。そう、すごく出たい」

「え、何かあったの？」

満ちるは虹子の顔をのぞきこみ、コーヒーのおかわりを注ぐために席を立った。

虹子は一度深く呼吸をしてみた。こんな話をするためにやって来たわけではないのに、なぜか告白してしまいたくなった。他のママ友には絶対言えない内容でも満ちるには打ち明けたくなるのだ。それはおそらく、彼女なら少々のことでは驚かないだろうし、適切なアドバイスをくれるような気がするのだ。

「これ、デパ地下で有名なお店のクッキーなんですって。私は普段、こういうものあまり食べないんだけど……いただきものよ」

「ほんとにどうぞお構いなく」

クッキーは確かに話題のものでテレビで取り上げられたこともある。しかし虹子は、皿にのせられたそれをすぐには手に取ることもできなかった。

「私ね、こう見えて実は悪い妻なのよ……」

「どういうこと？」

虹子は含み笑いをした。ダークローストのコーヒーのような澄んだ暗さではなく、もっとずっとどろどろしている。

「ね、話しちゃいなさいよ。気持ちが軽くなるわよ、きっと」

満ちるに促され、ようやく告白をする決心がついた。ママ友どころか親友にも話したことのない秘密。自分がしでかしたこととはいえ、妻として母として、あってはいけないことなのだ。

「あのね、私、実は……ああ、やっぱりダメだわ」

「大丈夫、私はたいていのことでは驚かないから。それに口は固いわよ。あ、もちろん虹子さんが話したくないなら無理にとは言わないけど」

「ううん、でも話しちゃう。思いきって……私ね、あの……男がいるのよ」

虹子は言いよどんだが顔色は変えなかった。

「え、好きな人がいるの？」

「ううん、特に好きってわけじゃないけど。結婚前に付き合っていた男よ。高校の同級生なんだけど、一年前からヨリが戻って……時々会ってるのよね」

「あら、まあ……そうなんだ」

満ちるはたいした反応は見せなかったが、それでもかなり意外そうな表情だった。

「でも浮気してるって思いたくないのよね。だって気持ちの上では夫を裏切ってないもの。好きになったわけじゃないから。単純に体の関係だけ」

「へえ、虹子さんがねえ……体だけってことは、完全に割り切ってるんだ」

「そう、セックスだけなの。いつでも別れられると思ってたのに、ダメなのね。体がもう完全に欲しているっていうか。昔からの知り合いだから気心も知れてるし」

「ご主人にバレていないんでしょうね？　そういうのって、案外命取りになるのよ。それで結婚をダメにした人、知ってるわ」

満ちるの辛辣《しんらつ》な一言に虹子はハッとした。

「わかってる。でも……離れられないの。一日中、彼と過ごした時のことばかり考えてる」

「それって恋愛じゃない」

「ちがうのよ。彼とのセックスよ。それだけ。だって他のことは何もしてないもの。会うっていったら即ホテルだし。ろくにおしゃべりもしないんだから」

虹子は吐き捨てるように言った。まったく、自分が嫌になる。恥ずかしい自分の性に心底嫌悪する。それでも離れられないのだ。


「遅くなってごめん。もう行けるよね」

シアトル系カフェで虹子は三十分近く待ってようやく俊彦《としひこ》がきた。そして座りもせずせかせかと虹子を促した。遅れそうだとメールがあったので、コーヒーを飲みながら待っていたのだが、どうやらきょうも急いでいるらしい。

二人はカフェから五分も歩かない場所にあるラブホテルに入った。ここでいいかどうか虹子へ確認すらしないで、いちばん近くのホテルに自分からどんどん入っていった。

平日の昼間なのにホテルの部屋は大半が埋まっていた。真っ昼間からラブホテルでセックスする人がこんなにいること自体に驚かされる。

「悪い。昼メシ食べる時間もなくてさ」

部屋へ入るなり彼は手にしていたコンビニのポリ袋をテーブルの上に置いた。

「君、シャワー浴びてきたら？　俺はその間この弁当食べてるから」

「いいわよ。あんまり時間ないんでしょ」

「二時間はいられない。一時間半で出ないと」

だからといってそんなに慌てなくても、と思ったが虹子はバスルームに入った。前回会ってから二週間しか経っていない。

高校の同窓会で俊彦と再会してまだ半年だが、ホテルに行くのはもう五、六回目だろうか。だんだん間隔が短くなっていくことに少し不安を感じるが、お互いの家庭は壊したくない、どちらかの配偶者にバレたらすぐ別れる、ということで同意していた。ゆっくり食事したり飲んだりというのではなく、セックスだけと割り切るというのも納得の上だ。飽きたら別れる、それだけのシンプルな関係だ。

二人は高校時代に付き合っていた経験があるので、再会後に関係を持つ時もあまり抵抗はなかった。W不倫ということになるが、気持ちの上での浮気ではないので罪悪感は薄い。しかし二人のセックスの相性は抜群なので、虹子にしてみればできるだけ細く長く関係を続けたいと思っている。ただ、彼の方が頻繁に会いたがるので少々不安も感じている。虹子としては、間隔は空いてもいいのでじっくり会える時間を持ちたいと望んでいるのだが。

虹子がバスローブ姿で部屋に戻ると、彼は弁当を食べ終えたところだった。最後にウーロン茶をごくごく飲んで、弁当の空容器といっしょにコンビニの袋に入れて捨てた。

「じゃ、急いでシャワー浴びてくるからね。脱いで先に入ってて」

先にベッドに入って待っているというのはあまり気が進まないのだが、時間を節約したいようなので言われた通りにした。全裸の体にシーツがひんやりと冷たい。

「さあ、始めよう。きょうもできれば二回したいな」

腰のバスタオルを取りながら、ところどころ体に水滴をつけたまま彼は湿った体をベッドに滑りこませてきた。

「無理しないで」

「大丈夫。俺、すぐイッちゃいそうだし」

すぐさま虹子の体の上にのしかかり、がつがつと貪るように乳房を愛撫した。乳首を舌で転がし吸いあげるのだが、強く吸引するので虹子は時々小さく呻いてしまう。それを彼は快感でよがっていると勘違いするのだ。

「感じてるんだろ。アソコは……ああ、もうぬかるんでる」

確かに、彼が上に乗ってきただけで虹子の体は敏感に反応する。セックスのスイッチが自動的に入って受け入れ態勢になるのだ。

「いくよ……」

まるで二十代の若者のような性急さで彼は入ってくる。そして最初の数分間はひたすら打ち込むのだ。虹子の上に覆いかぶさって激しく腰を上下させるという原始的な性行為……それをまるで、喉が渇ききっている人が水を一気飲みするような勢いで行う。

夫は、そんな風に激しく虹子を求めることがもうなくなっているので、彼の仕草を見ていると単純に嬉しかった。こんなにも自分を欲している男がここにいるのだ、と確認するだけで満足だった。

「そんなに焦らなくても、いいのに……」

少しもテンポを落とすことなく、夢中でピストンし続ける彼の尻をそっと撫でながら言った。逞しい尻肉が激しく上下するたびに、その脇で虹子の足も振動に合わせるようにぶらぶらと揺れた。

「もう、ダメだっ、イクっ……」

開始後十分も経たないうちに、彼はあっけなく果てた。

「ああ、きょうもたくさん出ちゃったな。わかるだろ。俺、最近うちでぜんぜんやってないから」

彼はすぐに起き上がって、虹子の下腹に出した白濁液をティッシュで丁寧に拭いながら言った。

「だいじょうぶ？　奥さんにバレない？」

「平気平気。元からセックスレス気味だったから」

「へえ、あなたが。信じられない」

「うちのは……不感症っていうのかな、あんまり好きじゃないみたいだ。ちっとも喜ばないし」

かといって彼は風俗に行くタイプでもないので、浮気に走る気持ちもわからなくはない、と思った。

いくらも休憩しないうちに二回目が始まった。虹子は昨夜夫と交わったばかりなので少々疲れを感じていたが、もちろん彼には話していない。きょう会うことになったのも、朝メールがきて決まったのだ。

今度はいきなりバックだ。虹子をベッドの上で四つん這いにさせると、ウエストをしっかり押さえて固定し、狙いをつけて一気に挿してくる。

「おっ、入った……どう？　感じてる？」

「は、はあん……すごい」

「いいだろ。旦那とはこんなこと、しないんだろ」

確かに、夫とはバックの体位ですることはほとんどない。そもそもセックスに創意工夫をこらす気持ちもないのだ。単に欲求を満たすだけの行為だ。

しかし体位に変化があったとはいえ、彼がすることはあまり変わりはない。せわしなく後ろから突き上げてくる。何度も何度も。

「はっ、はぁぁぁぁんっ」

虹子は頭をのけ反らせて鳴いた。背中を落として思いきり腰を突き出し、彼が突いてくれるのをひたすら望んだ。

「バックだと、やたら締まりがよくなるんだよな。これじゃ、あんまりもたないよ」

そう言いながらもピストンは続いた。激しく打ち込んだかと思うと、いきなりゆっくりとペニスを抜きかけてじらすようにして、その後急にまた深く挿すといった具合に緩急のつけ方も上手い。

虹子はあまり男性を多く知らないが、人によって性行為のやり方もさまざまなのだなあ、と改めて知ったのだった。もっとも夫が下手すぎるのかもしれないが。

「あんっ、あんっ、ああんっ……」

彼の動きに呼応するように、虹子は声をあげた。ホテルなので子どもに聞かれる心配もなく、遠慮なく高い声を出せるしそうすると彼も喜ぶのだ。不感症気味の彼の妻は、どんなに励んでも決して声をあげないそうだ。

「気持ちいいだろ。虹子、最高だよ。ああ、すごく締まってる。アレがちぎれそうだ。うぅっ、イキそう」

彼はいきなり虹子の背中に覆いかぶさってきて、猛烈な勢いで抜き挿しした。虹子は重さと激しさに両手で支えきれず、思わずベッドに突っ伏してしまった。それと同時に彼も果てたようだ。

「ああ、イッちゃった。あんまり気持ちいいんで、抜くタイミングを逃して中に出しちゃったけど、まずかったかな」

何の屈託もなく言い放つ彼の言いぐさに虹子はムッとしたが、返す言葉もないほど疲労していた。ベッドにうつ伏せになったまま、しばらくの間まどろんだ。

「おいっ、もうこんな時間だ。何で起こしてくれなかったんだよ」

俊彦はベッドから飛び起きて、猛スピードで衣服を身に着け始めた。

「ごめん、私もちょっと寝てた」

「ああ、まずい、打ち合わせに遅刻しそうだ。君は寝ないと思ってたのに」

虹子が眠っていたのはせいぜい十分ちょっとだ。そもそも時間がないのに二回もするから、うたた寝もしてはいけなかったのだ。

私のせいにされても困る。私はあなたの奥さんじゃないんだし、起こしてくれとも言わなかったじゃない……しかし急いでいる彼には言葉もかけられない。

まるでコメディでも見ているような勢いで支度を終えて出て行く彼を、虹子はぼんやりと見送った。

部屋にひとり取り残された虹子は、二時間いっぱいまで使って支度をしてからひとりで出た。料金は先払いなので何もする必要はないが、やはりラブホテルをひとりで出るのはあまりいい気分ではなかった。

夕方のラッシュが始まらないうちに電車に乗ろうと、駅までの道を急いだ。夕飯と明日の朝食のメニューを考え、長男の授業で必要ないくつかの文房具を買い揃えなければならないことも思い出した。

まだ股のあたりに違和感がある。下半身がだるく重い感じで眠気も取れない。どこかでコーヒーでも飲んで頭をすっきりさせたい気分だが、しなければならないことが多くてそんな暇は作れない。

こんなことをして何になるんだろう。夫に隠れて元彼とのセックスにふける……典型的な堕落した主婦ではないか。バレて大事になる前にきっぱりと別れた方がいい。虹子は、夫や子どもを捨てて俊彦といっしょになるつもりは毛頭ないし、彼の方も同じだ。二人ですることといえば性行為のみ。愛など最初からないのだから、別れても寂しくはないはずだ。元の生活に戻るだけなのだから。

しかし、虹子はまだ完全には別れたがっていない自分に気づいていた。あの快感だ。あれを知ってしまったから、自分から別れは切り出せない。夫とではあの体験は絶対にできないのだ。そう思うとますます彼が、というより彼の体が欲しくなる。これではいけないと思いながら、ますますのめりこんでいく自分を嫌悪した。


満ちるからアルバイトの話がきたのはそれから三日過ぎた午後だった。留守番メッセージに吹き込まれていたのだ。

「虹子さんにぴったりの仕事があるわよ。金融関係の会社なんだけど、秘書の人が親のお葬式で実家に帰るんですって。十日ぐらい休むらしいの。その間、毎日でなくてもいいし、一日四、五時間でもいいって言うんだけど、頼めないかしら。できれば明日かあさってからきてほしいって。急な話でごめんね。もし無理なら他の人を探すから、お返事はなるべく早くちょうだいね。あ、バイト料は日給になるけど悪くないわよ。けっこういいと思う」

虹子はメッセージを二度聞いて、すぐに決心した。ぐずぐず迷っていては、こんないいアルバイトを他の人に回されてしまう。真智も優奈も満ちるからのバイトではいい思いをしているようなので、虹子もぜひやってみたいと思っていたところだった。それに彼からの連絡を一日待っているような暮らしはもうたくさんだ。気晴らしの意味でも外で働きたかったのだ。

満ちるに連絡すると喜んでくれたが、ただひとつだけ条件があると言われた。

「服装なんだけど……白いブラウスに黒か紺のスーツ、肌色のパンスト、それに黒のパンプスって持ってる？　なるべく地味に、秘書っぽくしてほしいらしいのよ。たとえ臨時の人でも」

「いいわよ、そんな服装なら手持ちので大丈夫よ。服が自由だとかえって何を着ようか迷うけど、指定してもらうとこちらも楽だわ」

「そう、よかった。じゃあ、とりあえず明日の朝十時にお願い。会社の詳しい場所は、メールに地図を添付するから見ておいてね」

虹子は電話を切った後、クローゼットからスーツを探し出した。秘書時代に気に入って着ていたものがまだ一着残っているが、さすがにデザインが古くなっているし、サイズ的にも少々無理があるので候補からはずした。卒園式の時に着たスーツは黒だが、仕事に着ていく雰囲気ではないのでこれもやめた。

何かの時のために、と通販で買っておいた濃紺のスーツがあったのを思い出してさっそく袖を通してみた。特にお洒落なデザインではないが、かっちりとコンサバティブで悪くはない。これなら社長の眼鏡に適うだろうか。新しいパンストを出して、黒のパンプスを磨いておこうと思った。虹子は久しぶりの仕事にうきうきしていた。


「社長の山本です、どうも」

おそるおそるノックした虹子を、山本はにこやかに迎え入れた。四十代後半だろうか、額がやや後退しているがスリムな体型で、人あたりのよさそうな人物に見えた。

「よろしくお願い致します」

虹子は山本に促されてソファに腰かけた。そこは社長室のようで彼のための大きなデスクと、少し離れたところに秘書用のデスク、そして黒革のソファが置かれているだけの部屋だった。他の社員は別の部屋で仕事をしているのだろうか。虹子は臨時雇いなので皆に紹介されることはないのだろう。

「虹に子どもの子と書いて、『こうこ』と読むんですね。素敵なお名前だ」

「ありがとうございます」

満ちるからは言われなかったが、虹子は一応履歴書を持参したのだ。もし気に入られたら時々呼んでもらうか、事務職にでも就けたらいいのにという希望があったからだ。

「パソコンは一通り使えます。それから秘書検定も……」

「いろいろ資格持っているんですね。ほう、宅建も」

「はい。もう少しで子どもの手が離れるので、それからはちゃんと仕事を再開しようと思っています」

「それは立派だ。しかし、残念ながら今やってもらう仕事は、雑用みたいなものなんだけど、何だか申し訳ないな」

「いえ、大丈夫です。何でもやりますから、何なりとおっしゃってください」

「そうか、そうか。じゃ、手始めに……」

山本は考える素振りをしたが、虹子の全身をさっと上から下まで確認するような視線を送ったのに気がついた。

「とりあえず、歯医者の予約してくれるかな。午後一ぐらいで空いてる日、できれば木曜か金曜。これ、診察券。あと、クリーニング、取ってきてくれる？　向かいのコンビニの裏の店なんだけど……」

「はい、わかりました」

虹子はさっとボールペンとメモ用紙を取り出して、山本が言ったことを書き取った。

「さすが、馴れてるね」

「いえ。他に何かありましたら、おっしゃってください」

「お茶淹れてくれるとありがたいな。濃いめのやつ」

「はい」

虹子は言われたことをてきぱきとこなした。とはいえ、その程度の雑用はあっという間に終わってしまう。

山本が出かけたので後は特にすることはなくなった。かかってきた電話は隣の部屋で出るというので電話番の必要さえない。虹子は携帯をいじったり週刊誌を読んだりして時間を潰した。

十二時からきっかり一時間昼休みをもらってランチを摂り、社長室に戻ってくると山本は帰ってきていた。入ってきた虹子にちらりと送った視線は、何か言いたげだった。

「あの、コーヒーでもお淹れしますか？」

「ああ、そうだね」

虹子はバッグを置くと部屋の奥にある小さなキッチンに向かった。彼が留守の間に、棚のどこに何が入っているか確かめておいたのだ。やかんで湯を沸かしながらすぐにコーヒーを淹れた。

「君も飲めばいいのに」

「いえ、私はさっき飲んできましたから。お砂糖とミルクはどうなさいます？」

「いらない。ブラックで」

　虹子はマグカップに注いだコーヒーを山本のデスクに運んだ。彼は電話をかけるところで受話器を取り上げていた。その時、クリップの入った小さな箱が床に落ちて、中身が散らばった。カーペット敷きの床にたくさんの小さなクリップがばらまかれた。

「ごめんなさい、私の手が当たったみたいで」

　彼は受話器を握りながら、大丈夫だからという仕草をした。しかし虹子はそれを拾い集めることにした。電話をかけている山本の邪魔にならないようにしゃがみこんだが、手を伸ばしても届かないデスクの下にまで散らばっていた。

　山本は椅子に腰掛けたままぐっと後ろに引き、虹子が拾いやすいようにスペースを空けた。虹子はデスクの下にもぐりこむような形で拾っていた。

　電話は短めに終わり、彼は受話器を置いた。

「すみません。すぐ終わりますから」

「いや、いいんだよ。ゆっくりやってて。なかなかいい眺めだしね」

「は？」

虹子はしゃがんだまま振り返ってぎょっとした。何と山本は、ズボンのファスナーを下ろして中身を露出していたのだ。

「きゃっ」

「いやあ、あんたの腰つき見てたらむらむらっときてね。そのぴちっとしたタイトスカートと、むっちりしたヒップがたまんなくて……あっという間にこの有様だ」

指さした山本の下半身は、艶のない赤茶色の肉の棒がズボンの中からにゅっと頭を出し天井に向かって立っていた。彼の顔には下品な笑みが浮かび、卑猥な視線を虹子に浴びせていた。朝会って挨拶をした時の彼とはまるで表情がちがう。

「やめてください。そんなものしまって」

虹子は眉間に皺を寄せ、顔をそむけた。

「いや、こうなったらそう簡単には収まらないよ。あんた、ちょっと握ってくれないか。一発抜くの手伝ってくれ。そう時間はかからないから」

「嫌です！」

虹子は勢いよく立ち上がってきっぱりと断った。

「おいおい、これも秘書の役目なんだからな。ほら、俺のブツ、けっこういい線いってるだろう」

スティックに目をやると、先ほどよりも色が濃くなり力強く屹立していた。丸い先端がひくひく動いていかにも猥褻だった。虹子は彼に手首を摑まれた。

「いやっ、そんなことするために来たんじゃありません」

「あー？　雑用のために一日二万も払うかね。金額でわかるだろう、ただのバイトじゃないことぐらい。そこまで世間知らずでもあるまい」

虹子は彼の言葉に息を呑んだ。満ちるが紹介するバイトはギャラがいいと評判なので、今回も単に気前のいい社長なのかと思っていた。だが完全に虹子の認識不足だったようだ。この窮地をどう切り抜けようかということで頭がいっぱいだ。

彼は面白がるように手でペニスをいじって虹子に見せつけていた。それはますます嵩を増し、無骨に膨れ上がっていた。夫や元彼の持ち物より確実にひと回り以上ビッグなサイズに見えた。

「ほら、もったいぶるなよ」

ぐっと手首を引っぱられた拍子にバランスを失い、虹子は床に膝をついた。すると顔の目の前におおぶりなマツタケを思わせるペニスがぬっと突き出された。

「口でしてくれてもかまわないんだよ。しゃぶりがいがあるだろ」

「そんな。やめてくださいっ」

　虹子は抵抗したが、手を摑まれていたので無理に肉柱を握らされた。あたたかく血管がびくびくと脈打っていた。

「もっと丁寧に触って。ゆっくりと少しずつ手に力を入れながらしごき上げるんだ……そう、そのくびれのところを指でなぞって……」

　一回抜いてやればそれで気がすむだろう。明日からはもうこなければいいのだから、あと三時間ほどの辛抱だ。虹子は指示通りにペニスを握ったりしごいたりしていた。

「ほら、あーん、して」

　どうしてもしゃぶらせたいようだが、虹子はがんとして唇をきつく閉じまま顔をそむけた。

「ふんっ、どこの奥様だか知らないが気取りやがって……」

　山本がいきなり椅子から立ち上がったので、虹子はようやく解放されたかと彼から離れた。自分の席に戻ろうと背を向けた途端に後ろから腰を抱かれた。

「何するんですか、離してっ」

「手と口がダメなら、あとはひとつしかないだろ」

「いやあっ、それだけは……」

　虹子は山本の大きなデスクに強く押しつけられた。腹部がデスクの縁に当たってそのまま前に倒され、同時に腰が突き出る体勢になった。そしてすぐさまスカートの中に手を入れられた。

「やめてください。大きな声を出しますよ」

「ああ、いくらでも叫べばいい。社長の午後のお楽しみの時間だからね、だれも来やしないよ」

秘書とは、そういうことだったのだ。この助平社長の相手をする女のことか。朝、虹子がやって来るなりバイト料を渡されたので、ずいぶん気前のいい社長だと思ったのだが。

虹子は派遣された「そういう女」だったのだ。服装を指定されたのは、それが山本の好みだからにすぎない。

「おお、いいケツしてる。つきたての餅みたいにつやつやだ」

虹子はもう抵抗するのを諦めた。パンストとパンティをまとめてずり下ろされ、剝き出しになった臀部を、彼はざらついた手で撫でていた。

「どんなブツをぶち込んでも受け入れられそうな安産型の尻だな。俺は柳腰が苦手でね。どっしりが好きなんだ。タイトスカートがよく似合うよ」

ヒップの割れ目を肉棒の先がなぞっていた。いっそ早くすませてほしい、と虹子は目をつぶった。

「あっ、あう……」

前触れのない一撃に、虹子はろくに声も出せなかった。めりめりっと秘所が裂けるのではないかというほどの衝撃だった。

「おい、アソコが狭くて入っていかないぞ。あんた、子持ちだろ。もっと体の力を抜けよ。俺のブツはデカいんだからな」

尻たぶをぴしゃりと叩かれた。

「ああっ……い、痛い……」

「ふん、よく言うよ。ここから赤ん坊をひねり出したんだろ」

女穴が潤っていなかったのと、精神的な嫌悪感で体がペニスを押し出そうとしていたのか、なかなか奥まで進まないのだ。彼は苛立《いらだ》って躍起になっていた。

「そらっ、これでどうだ」

ずんっとバックから突き上げられた。女道がみしみし音をたてそうだが、極太のペニスが遠慮なく入りこんできた。

「ひっ、ひぃぃぃぃぃ……」

付け根まで深く打ち込まれたので、虹子はデスクにしがみつき、歯を食いしばりながら必死で堪えた。山本は勢いをつけ、時にリズミカルに送りこんだかと思うと、時には深く挿したままじっと動かなかったりした。

「どうだ、満足か？」

「お、お願いだから……もう離してください」

彼は虹子の懇願にまったく耳を貸さず、ますますピッチを上げてピストンを繰り返した。

「おお、ようやくスムーズに出し入れできるようになったぞ」

「やめて、ああ……」

彼が激しく打ち込むたびに、肌と肌が触れあうぴしゃぴしゃという音が聞こえてくる。

虹子のそこは、もう麻痺してしまったのか痛みも感じなくなっていた。

「あんた、悪くないよ。金曜日にまたきなさい。同じ時間に」

そう言うと、山本はいきなりギアチェンジしたかのように猛スピードで抜き挿ししてきた。

両手でヒップをがっしりと固定し、バックから激しく突き上げるのだ。

「は、はぅぅぅぅ……」

虹子は思わず手でデスクを引っ掻くような仕草をした。じっと堪えられるような衝撃ではなかったからだ。このままでは気を失う、と思ったその時、突然すぽんとペニスが抜けた。

尻たぶにべちゃっと粘液が飛んできて、先端はヒップの割れ目に擦りつけられた。

「ふう……終わった」

虹子は粘液を拭うこともできないまま、尻が丸出しの姿で床に崩れ落ちた。

「そうか、そんなによかったのか。ははは……」

山本は倒れている虹子を冷ややかに見下ろし、自分はさっさとズボンを引っ張り上げた。

「俺のブツは最高だろ。だんだん忘れられなくなるんだから。さあ、そろそろたって自分の席へ戻れよ」

いきなりティッシュの箱が飛んできて、虹子は追い立てられるように立ち上がった。股間がずきずき痛んだが、前のめりに歩いてようやく自分の席に辿りついた。

「きょうはもういいから。やることないし。さっさと帰らないと、またむらむらしてくるぞ、ははは」

山本は、脅えた顔をした虹子を見て声を出して笑うのだった。


帰宅する道すがら、虹子はこんな仕事を紹介した満ちるに腹がたってならなかった。家に着いたらすぐに電話するつもりだったが、もらったばかりのバイト料で靴を買い、帰りにカフェでケーキセットを食べたら次第に怒りは鎮火していった。

満ちるもこんな社長の性癖を知っていたわけではないだろうし、そもそも虹子の方からバイトを紹介してほしいと頼んだのだ。彼女を恨むのは少々筋違いかもしれない。

スーパーで買い物をしてから家に帰り、息子と二人分の簡単な夕飯を手早く作った。夫の帰りが遅いと手抜きができるので楽だ。

　九時過ぎになってようやくひとりでゆっくりと風呂に入った。帰宅してすぐにシャワーを浴びるつもりが、息子が友達を連れてきていたのですっかり忘れてしまった。性器に湯をかけるとまだ少しひりひりした。あのサイズの逸物で乱暴に突かれたのだから無理もない。あんなもの見たことがないし、初めての経験だ。

　思い返すと腹がたつよりも胸の動悸が速くなっているのに気づいた。乱暴されたという被害者意識はいつの間にか消えて、めったにない経験をした興奮で気持ちが高ぶっていた。

　不思議に罪悪感はなかった。元彼である俊彦と慌ただしく会ってセックスする時も同じだが、気持ちでは夫を裏切っていない。いつでもすぐに切ることができる関係、ということなので、悪事をしている意識が薄いのだ。これがとことん惚れた男がいるのなら、罪悪感で苦しんでいただろう。

　俊彦とのマンネリな関係を清算したくてアルバイトを始めたのに、また別の問題を抱えこむことになってしまった。しかし、夫と子どもの世話だけに明け暮れていた頃とは、別人のような暮らしになったことを、心のどこかでは面白がっているのだった。

　特に不平不満のない生活だったが、別段面白くもおかしくもなく、これといった刺激もなく……要するに虹子は退屈しきっていたのだ。

「悪いね、また待たせちゃって」

俊彦は伝票を取り上げると、虹子のコーヒー代を支払うためにレジに向かおうとした。

「ちょっと待って。あなたも座ってコーヒー飲んでくれない？　話があるの」

「ええ？」

喫茶店は落ち合うためだけで、顔を合わせたらすぐにホテルに向かうつもりの彼は、怪訝そうな顔をした。

「話って、長くかかる？」

「それほどでも」

「じゃ、歩きながら話そうよ」

「ダメなの」

俊彦はしぶしぶ腰かけた。

「……こんなこと、もうやめたい」

虹子は単刀直入に切り出した。が、彼は特に意外そうでもなく、やれやれという顔をした。

「それを言うためにわざわざ出て来たの？」

「直接顔を見て言った方がいいと思って」

　ウエイトレスが俊彦の注文を取りにきたが、彼はすぐ出るからいいと断った。虹子はその身勝手な態度に腹がたった。

「僕はさあ、そういうつもりで来たんじゃないんだよね。その話だったらまたにしないか？」

「またっていつ？　きょうがその日なのよ」

「それはそっちの都合だろ」

「きょうはセックスしにきたから、話は後日ってわけ？」

「そんな言い方するなよ。でもまあ、当たらずとも遠からず、かな」

　虹子は返事の代わりに大袈裟にため息をついた。昔からいつだってこの調子なのだ。何か真剣に物事に立ち向かおうという姿勢がまるでない。だからこそ、付き合いが長く続かなかったのだし結婚もしなかったのだ。夫がこんな性格でなくて、本当によかったと思った。

「もうやめたいっていうのはわかったよ。君の気持ちは尊重する。だけど最後に一回だけ。せっかくだからさ」

「何言ってるの。やめると言ったらもうやめるのよ」

「それはずるいだろ。やめるって決心してきたのは君だけだ。さ、出よう。話の続きはまた後で。ここ、騒がしいから静かなところの方がいいよ。じっくり話せるし」

俊彦は伝票を取り上げてさっさとレジに向かったので、仕方なく後についた。

店を出てから虹子はもう帰るつもりで駅に向かおうとしたが、彼はしっかり腕を摑んできた。

「そんなことして、人に見られたらまずいんじゃないの。奥さん以外の人と」

「べつにかまわないよ。いつものところでいい？　静かに話せるよ」

話すだけではすまないことぐらい容易に想像がついたが、虹子はもう諦めていた。セックスしたがっている時の彼に何を言っても無駄なので、本気で別れたければ会いに行かなければいい、ただそれだけだ。

結局その日もホテルの部屋に入るなり慌ただしく交わった。二時間フルに使って二回するつもりだろう。彼は虹子の感じるツボをよく知っているので、乳首を吸ったり性器を舐めたりしているうちにたちまち準備態勢が整うのだ。

「ああ、またきょうも気持ちよくなれる……」

俊彦はつぶやきながら虹子の上にのしかかってきた。

「待って。後ろからにしてくれない？」

「いいよ。最近はバックにハマッてるの？」

「まあね」

虹子は素早くベッドから下りると、上半身だけシーツの上に投げ出し、腰を突き出すようにして立った。ボリュームのある白く輝くヒップが差し出された。

「あ、何、この格好がいいんだ」

「そう、やってみたかったの」

「いいよ。なかなかいやらしいな」

やる気満々の彼は、固くなったスティックを手に虹子の後ろに回った。すぐさま狙いを定めると一気に打ち込んできた。

「ううっ、入った。するっと全部入っちゃったよ」

「あ、あは……」

彼は最初からとばしてきた。虹子の体をベッドの縁に押しつけるようにして、せっかちに腰を動かし続ける。

「ああ、何か、入り口がきゅっと締まって、気持ちいい……」

深く挿入したまま動作を止めて、尻を抱えるように両手で撫であげた。そして今度はゆっくりと鐘でも突くように、一旦抜きかけてはまた奥深くまで挿すといった行為を繰り返した。

「どう、この体位で満足？　気持ちいい？」

虹子は声を出さずに小さく頷いた。しかし何かちがうと感じていた。

今までならこれでもすっかり興奮して声をあげて歓んでいただろう。しかし、一昨日バイト先で山本にされたことに比べたら、まるで夫婦のマンネリなセックスのように思えてきた。刺激がなさすぎる。お互いに配偶者がいて、しかも相手は仕事中だというのに昼間からラブホテルにしけこんでセックスにふける……そういった背徳的な行為に興奮させられたのに、もう何の刺激も感じないのだ。

俊彦はバックでひたすらピストン運動を繰り返している。どんな体位を取ろうが結局は、アレをアソコに突っ込んでせっせと擦りつけ最後には精液を噴射させる……それに尽きるのだ。虹子の中に底知れない空虚感がよぎった。

こんなことして時間と体力の無駄ではないか。もう快感すら薄らいでいるというのに。

虹子は一昨日のことが忘れられなかった。いきなりデスクに押しつけられスカートをまくり上げられて、無理やりパンストとパンティもひっぺがされた。虹子は剝き出しの尻を山本に向かって差し出しバックで犯されたのだ。

それなのに、そんなひどい仕打ちを受けたというのに、虹子はあの時のことを思い出すと心がざわついて仕方がなかった。最初は屈辱でしかなかったのに、今では何とも言えない高揚感に変わっている。思い出しただけで体の芯がカッと熱くなるのだ。

虹子は、俊彦にバックから何度も何度も突き上げられながら、山本のことを思い出していた。あの巨砲を受け入れた自分を褒めたくなる。強引だったとはいえ、あんな途方もないサイズのモノが入ったのだから驚きだ。最初はアソコが壊れるかと思うほどで痛みもあったが、徐々に馴れてくると今度は逆にとてつもない快感に変わったのだ。

口に入れたらどんな感じなのだろう。アレを頬張ってこなかったのが、最大の落ち度に思えた。口いっぱいで息が詰まるのだろうか。固さや熱さはどんなだろう。想像するだけで胸がどきどきした。

後背位で俊彦を受け入れていたが虹子は山本のことばかり考えていた。この退屈な交わりを少しでも効果的に過ごすには、それしかないように思えたのだ。俊彦にとっても、妻以外で手軽に遊べる相手でしかないのだろう。独身の若い女では機嫌を取るために飲食やら贈り物やら金と時間がかかるだろうし、恋愛にでも発展したら面倒なことになりかねない。その点、人妻の虹子は都合のいい女なのだ。

仕事中に抜け出してセックスするだけの割り切った関係……しかしその行為自体に何の新鮮味も刺激も感じなくなったのだからもうお終いだ。セックスにおいては夫と同じ、いや夫よりもっと、鬱陶しいだけの男になってしまった。

早くフィニッシュしてほしい。きょうは一回目がやけに長い気がするのは、虹子が醒めているからだろうか。単純な運動ばかりを長々と繰り返している。そうだ、アソコに力を入れて、きゅっと締めてやればいいのだ。

するとと虹子の読みは当たり彼はあっけなく終わった。背中にのしかかる汗ばんだ体が重くて邪魔だった。

虹子は彼の下から脱出してベッドに横になった。同じ体勢で後ろから突き回されていたので少し疲れた。俊彦もすぐに横に体を滑りこませてきた。

「十五分休憩の後、二回戦突入できるかな。あ、今度はアレやってよ。さっきしてもらわなかったから、ぺろぺろ」

彼は虹子の耳元で囁くように言った。

……もう、あんたの粗末なモノを咥えるなんて、一生してあげない。

「君のしゃぶり方は気持ちよすぎて、何度も口の中でイキそうになったよ。いつかやらせてよ、口内発射。その後ごっくんしてくれたら、天国だけど」

……私には地獄以上だわ。バカなこと言ってないで、早く寝たら。

思った通り、五分もしないうちに寝息が聞こえてきた。彼も夫と同じで仕事で疲れているのだろう。妻以外の女とのセックスでストレスを解消したい気持ちもわからなくはない。けれども虹子はもう彼の相手をするのはうんざりなのだ。

そっと彼の隣を離れてベッドから下りた。目を覚まさないよう細心の注意を払って身支度を整えた。シャワーを浴びたくてたまらなかったが、一刻も早く部屋を出たいのでとりあえず衣服を身に着けることが先だ。アクセサリーや携帯は忘れないように、いつもバッグの中にまとめてしまうようにしている。

音をたてずにそっと部屋を出た。俊彦はまだ眠っている。かなり深い寝息だったのですぐには起きないだろう。寝過ごして会議に遅れようが知ったことではない。目を覚ました時、虹子はもう家に着いているかもしれないが、電話には出ないしメールに返事もしない。一切の連絡を絶つつもりだ。

きょうは朝、ネットスーパーで注文しておいたので帰りに買い物のための寄り道はしなくてすむ。帰宅したらすぐにシャワーだ。息子は塾なので夕方ひとりでゆっくりできる。

次は金曜日にきなさいと言った山本の言葉を思い出し、虹子はひとり微笑んだ。新たな刺激を求めて挑戦していく……虹子は決心を固めていた。

第六話　隠しごとは蜜の味

「本当に驚いたわよ。思わず、うそーって叫んじゃった。だって私、最近満ちるさんに会ったもの。いつだったかしら、あれは一週間ぐらい前かな。モールですれ違っただけだから挨拶しかしてないけど、相変わらず高そうなワンピース着て、エルメスのバッグ持ってた」

　真智は他の三人の顔を見回しながら興奮気味に話した。

「私はメール。たいした用事じゃなかったけどね……私も最初信じられなくて。同姓同名の別人かと思ったぐらい。すっごいショック」

　虹子も体を乗り出してきた。

「人ってわからないものよね。まあ、満ちるさんて、よくしゃべるけど、どこか謎の部分のある人だったけど、でもまさか……ああ、何かもう人が信じられなくなった」

　美沙緒は腕組みをして首をひねった。

「ねえねえ、私たちけっこう満ちるさんと親しくしてたじゃない。もしかして私たちも警察に呼ばれたりするの？　事情聴取って言うんだっけ？　嫌だなー、どうしたらいいんだろう。そんなの初めてだからわからない。混乱しちゃう」

　優奈は心配そうに三人の顔を見つめた。

「警察が聞きにくることはあっても、呼ばれることはないんじゃない？　だって私たち、別に共犯とかじゃないし、ただの知り合いだもの。友達っていうほど親しくないし。でしょう？」

　真智の言葉に三人は同時に頷いた。以前はママ友と呼べる仲だったが、今は知り合いに格が下がってしまった。

「ほんとに、とんでもない人よね、満ちるさんて」

「私たちも騙されていたクチよ」

「恐ろしいわね」

「どこか胡散臭いと思っていたけど、まさか逮捕だなんて」

「ねえ」

　ねえ、と四人が同時に頷いた。

　その時、注文していたパスタランチが運ばれてきたので、一旦その話は中断して食べることに専念した。

昨日の昼のニュースで、満ちるが逮捕されたことを最初に知ったのは真智だった。

満ちるが経営していた人材派遣の会社は、実際は男性会員に女性を斡旋《あっせん》して売春行為をさせていたというのだ。その他にもポーカー賭博やカップル喫茶の経営にも関わっていたという。

ニュース映像に出てきた店は、以前満ちるに連れられて四人で行った「ルアン」だったのだ。あの店の二階がポーカー賭博の会場になっていたらしい。そして満ちるが刑事とともに店から連れ出される映像もテレビに映った。表情まではよくわからなかったがうなだれていた。

真智はニュースの内容に腰を抜かしそうになり、即座に他の三人にメールを送った。緊急の場合はラインではなくメールで連絡するように決めているのだ。みな仰天して俄《にわか》には信じられないといった様子だった。そしてそれぞれ情報収集をして、きょう集まったというわけだ。このレストランのことは、以前満ちるから恋人がシェフを務める店として聞いていたが、くるのは初めてだった。

四人は話に夢中だったが食事の手も止めなかった。おしゃべりすると空腹に拍車がかかるのだ。パスタをフォークにくるくる巻きつけては手を止めるので、食事が終わるのにずいぶんと時間がかかったのだが。

一時半過ぎてから店に入ったので、食べ終わる頃にはランチタイムも終わり、客は四人だけになってしまった。

「すみません。遅くなって……」

満ちるの愛人、祐二が席にやって来て言った。キッチンから直接きたのでまだシェフの白いユニフォームを着たままだ。

「お仕事、終わった？　私たちとお話できるのかしら？」

「はい、バイトの子ももうあがりましたから。他にはだれもいません……あ、コーヒーのおかわり持ってきましょうか？」

「いいから、座っていて。私たち、あなたに訊きたいことがたくさんあるの」

真智がきっぱり言うと、祐二は四人掛けテーブルの通路側の空いている箇所に椅子を持ってきて座った。

「単刀直入にお訊きするけど……あなたは今度の満ちるさんのこと、どう思った？　私たちもうショックでショックで。だっていっしょにPTAの役員してたのよ。ママ友だったんだから」

「知り合いが逮捕されたなんて、生まれて初めて。そんなことする人には見えなかったんだけど」

「私たち普通の主婦だからこういうことに馴れてないの。ワイドショーのいいネタになりそうな感じよね」

「何かもう怖くて。こうしてみんなで集まって話してないと落ち着かないのよ。私たちのところにも警察がくるんじゃないかって不安。あ、もちろん協力できるようなことは何も知らないけど」

ひとりずつが矢継ぎ早に話すので、祐二は口を開きかけてはまた閉じるという動作を繰り返していた。

「あのー、僕にも言わせてください。まず、僕だってすごくショックなんですよ。平気な顔して店にきているように見えるかもしれませんけど、仕事は責任ありますからね。ちゃんとやらないと。こんなに近しい人が逮捕されるなんて、僕も人生初の体験ですよ。まったく何が何やら訳わかんなくて、頭が混乱してます」

祐二もやはり、満ちるに騙されていたひとりで、売春の斡旋や賭博場、カップル喫茶のことは何ひとつ知らなかったそうだ。だからニュースにいきなり満ちるの顔が映し出された時は、思わず目を疑ったという。

「満ちるさんとは、正直どういう関係なの？　恋人？」

「割り切った大人の関係だって、聞いてたけど」

「彼女、何人も愛人がいるようなこと言ってたけど、本当はあなただけなんでしょう?」

「満ちるさんて、本当にすっごいお金持ちなの? いろいろ買ってもらった?」

祐二はゆっくりと話を進めていきたかったが、とにかく四人は待っていられない。いろいろなことを早く知りたくてたまらないのだ。

「そんなに一度に話さないでくださいよ。そもそもこのレストランは、満ちるさんの旦那さんが愛人に経営させている店なんです」

すると四人は未知の事実を聞かされて、一斉に「ええっー」と叫んだ。

「満ちるさんもこの店のことは以前から知っていたようです。僕はただの雇われシェフですがオーナーが……つまり愛人の方が、何というか僕に接近してきて……あ、でも僕はぜんぜんその気ないですから、仕事するだけです」

「愛人が迫ってきたっていうわけね。あなた若いし独身だから、誘惑したくなっちゃったのかしら。愛人でいるっていうのも大変そうだし、ストレスたまりそうよね」

真智は面白がるように言った。

「彼女も若いですよ。まだ三十ちょっとかな。でも彼女がこの店にくることはめったになくて、満ちるさんが客としてくる方が多かったかな。ランチ食べにふらっと寄るんです。僕とそういう関係になったのは、満ちるさんにしてみれば自分の夫を奪った愛人の鼻を明かしてやりたかったのかもしれないですね」

祐二の話を四人は熱心に聞き入っていた。そして話が途切れるなり質問攻めにする。

「憎い愛人が入れ込んでる男を奪ってやろうとしたのね。満ちるさんらしい復讐の仕方だわ」

「でも満ちるさんは、あなたのこと本当に好きだったみたいだけど」

「そう、自慢の彼氏っていう感じだった」

「かなり親密だったんでしょ。でも例のビジネスのことは何も聞かされてないの？」

祐二は黙って首を横に振った。

「旦那の経営する不動産業を手伝っていた話は聞いてましたけど、人材派遣業とかぜんぜん知らなかったんです。個人的にちょこちょこ仕事の口利きをしていたのは聞いたことあるけど」

満ちるは会員の男性から多額の入会金を徴収し、主婦やＯＬを斡旋していたのだ。客たちはあちこちで遊び馴れている男がほとんどで、プロの女性ではなくできるだけ素人で、そういった経験のない相手を求めた。セクシーな下着よりはエプロンが似合いそうなごく平凡な女性だ。

四人はいいアルバイトがあると言って紹介されたのだが、満ちるは最初から客の相手をさせるつもりで斡旋していたのだ。だからバイト料が高額だったわけだ。だが四人とも、実際はアルバイト先で何が起こったか語っていないのでお互いのことは知らない。

「ルアン」に残った美沙緒が、飲みにきていた客と奥の席で何をしたのかは秘密だった。座談会があると聞かされていた真智が会ったノンフィクション作家が、本当はポルノ小説家で、仕事場に使っていたホテルの部屋に連れていかれてベッドに押し倒されたことも。ダンススタジオの広告モデルとしてバレリーナの姿で写真を撮られた優奈が、バレエ・フェチの男にスタジオ内で破廉恥な行為をさせられたことも。秘書の仕事と言われてはりきって出かけた虹子が、金融会社社長のデスクに押しつけられバックから襲われたことも……それらはすべて秘密、当人の口から語られることはない。

そして何より、それぞれの胸に最もしまっておきたいことは……最初は屈辱と怒りに満ちていた感情が、次第に快感と刺激に変わっていったことだ。ひどい辱《はずかし》めを受けたのに、満ちるを恨むどころか皆にも内緒で自ら二度三度と相手のところに足を運んだことだ。

しかし満ちるが逮捕され、すべてが策略だったことが判明して、それぞれ複雑な感情を抱いていた。

「そうか、あなたも知らなかったのね。秘密のありそうな人だとは思っていたけど、とんでもないことしてたのね」

真智は腕組みをしながらつぶやくように言った。

「一緒に逮捕された『ルアン』のマスターって満ちるさんの元夫ですよ。別れてもずっと付き合いがあったみたいで」

祐二の言葉に四人は再び顔を見合わせた。

「ええっ、マスターって、あの白髪のおじいちゃんのこと？」

「私たちがお店に行った時にもいたわよね」

「いたいた、優しそうな感じの人」

「実際優しかったわよ。私、あの夜、バイトしたから少し話したけど」

「そのマスターとの間にも子どもがいるみたいですね。離婚の時、置いてきたみたいなこと言ってたから」

ぽつりと言った祐二の話にまた四人は大袈裟に反応した。

「ええっ、子ども二人だけじゃないんだー」

「もう大きい子なんじゃないんですか？　成人してるとか。だって僕たち騙されていたけど、満ちるさんて本当は五十歳なんですよね」

「そうそう、ニュース見て私もびっくりしたの」

最初に知った真智は年齢のことを皆に伝えるのを忘れていたのだ。三人は思わず息を呑み、目を丸くしてのけ反った。

「えー、あの人、三十九って言ってたじゃない。すごい嘘つき」

「うわっ、五十か……五十にはちょっと見えないけど……」

「でも私、彼女が年をごまかしているのは気づいてた。どうも話がちぐはぐな時が何度かあったから」

「虹子さん鋭い。私、ぜんぜん気づかなかった」

「でもまさか五十とはね。四十ちょっとぐらいかなって思ってたけど。祐二さんも気づかなかったの？」

「僕？　僕はそういうの鈍感な方だから。五十には見えなかったな。ああ、でもそうか。彼女、避妊にはまるで無頓着だったけど……そうか、そういうことだったんだな」

祐二は自分で言った後、思い出し笑いするようににやっと笑った。

「もう妊娠の可能性がないってこと？　あがっちゃったのね」

「あなた、五十歳の人とセックスしてたんだ」

真智がからかうように言ったので、祐二は自虐的に笑うのだった。

「まあ、いいですよ、おふくろよりは若いから。しかし二十二歳も年上だったんだな」

「いい経験になったんじゃない？　私たちもよね。身近にこんなとんでもない人がいたなんて、人生にそうあるものじゃないわ」

真智が言うと、三人と祐二はそれぞれ苦い思いをこめて頷いた。

「あー、話が尽きないわね」

「一晩中でもこの話題で盛り上がれそう」

祐二はそろそろディナータイムの支度を始めると言うので、コーヒーをもう一杯ずつ飲んで、四人は店を引き上げた。

祐二から直接話を聞いたことでまた新たなネタができ、おしゃべりは尽きなかったが主婦の自由時間にはリミットがある。また今度、いつものファミレスで集まる相談をしてから別れた。


美沙緒は、四人で集まっていたファミレスに満ちるが突然やって来た時のことを思い出していた。あの晩以来、美沙緒の中で変化が起きたのは確実だった。

満ちるに仕組まれたとは知らずに「ルアン」で接客のアルバイトを引き受けてしまった。奥にある秘密のボックス席で客の相手をさせられたのだ。水割りに何か薬でも入れられたのだろう。異様に頭がぼうっとして抵抗する気をなくしていた。

狭いトイレで立ったまま犯されたのだ。この上ない屈辱を受けたはずなのに、美沙緒はなぜか相手の男も満ちるに対しても恨みはなかった。あるとすれば金銭を受け取ったことへの抵抗感だけだ。しかしそれも仕事と思えば当然の報酬だろう。

美沙緒は夫とのワンパターンなセックスに辟易していた。性欲が旺盛なのはけっこうだがひとりよがりな行為にはうんざりだ。

確かに「ルアン」で起こったことは、何の予想もしていなかったしあまりにも唐突でショックだったが、この上なく刺激的だった。美沙緒は相手の男に気に入られたようで、次に「ルアン」にくる日時を教えられていた。まさか再びあの店に自ら行くとは思ってもみなかったが、前の日になるとがまんできずわくわくしている自分に気づいた。服と下着を慎重に選び、ボディケアも念入りに行ってから出かけた。

結局美沙緒は「ルアン」には三回足を運んだ。三回目は例の奥まったボックス席に他の男女も同席していて、いわゆるカップル喫茶のようにお互いの性行為を見せ合うといった趣向だった。相手は中年のカップルで、女性は美沙緒よりずっと年上だった。男性の方はちらちらとこちらに視線を送ってくるので、美沙緒はこれ見よがしに胸や下半身をさらけ出し、いい声で鳴いてみせた。

他人に見られながらセックスをする経験は初めてだったが、ひどく興奮していちいちの反応が大袈裟になるのだった。夫には決して聞かせないような甘いよがり声をあげたり、感じるたびに体をくねらせたりした。

何とか夫にバレないよう月に一度ぐらいの割りで秘密の遊びを続けられたら……と思っていたが、満ちるの逮捕ですべてが変わった。「ルアン」は当然閉店しているだろうし、満ちるの顧客である男性とももう連絡は取れない。二回目以降は金銭のやりとりはなしだったが、美沙緒は慎重になっていたので、お互いの連絡先は教え合っていなかったのだ。次に会う日時は口頭での口約束のみ。おかげで美沙緒と関係があった証拠も残っていないのだが。

それでも突然警察が家にやって来たらどうしよう、と常に恐れていた。もしも事情を訊かれるようなことがあったら……その時は満ちるに騙されていたことにしよう。事実、最初は何も知らなかったのだし。さまざまな質問を予想して自問自答していたが、だれにも相談できないことがとても不安だった。

危険な遊びに手を染めてしまったことへの後悔はあったが、それでも美沙緒には忘れられない体験になった。もうあんな刺激的なことは二度とできないだろうと思うと、ひどく寂しく、そして虚しく感じるのだった。夫とは決して共有できないような稀有《けう》な体験をしてしまって……もうその前の自分には戻れないのだ。一度味わってしまった秘密の快感を忘れることは、できない。

真智もまた落ち着かない気分だった。皆と別れた後、ひとりでカフェに入って祐二が話したことなどを頭の中で整理した。

満ちるから座談会と聞いてほんの小遣い稼ぎのつもりで出かけたのだが……今から思い返すと初めから少し不自然だった。同席するはずだった他の二人がドタキャンと知った時に、何かしら嫌な予感がよぎったのだ。

初対面の相手とホテルの部屋に行って一対一で話すことに抵抗がなかったわけではない。あの時、やっぱりやめますと帰ればよかった。しかし真智はつい見栄を張ってしまった。そのくらいのことで怖《お》じ気《け》づくような女ではない、と主張したかった。そこが彼の仕事場なのだから堂々と入って取材に応じる、と。

だから彼がのしかかってきた時は……あってほしくはないがあり得なくないことが実際起きてしまった……という感じだった。自ら部屋に入ったのだから自業自得かもしれない。騒いだり逃げ出したりしなかったのは、やはりどこか興味があったからだ。夫以外の男とするセックスは何年ぶりだろうか。しかも相手は何やら性豪のようだし、一戦交えてもいいかなと思ったのも事実だ。

彼はポルノ作家でいわば性のプロだ。「こんなの初めて」という体験を何回もしてしまった。真智は彼のやり方にすっかりハマり、正直やみつきになった。気持ちのいいセックスに愛など不要だということを改めて実感した。

真智はよく知らない中年男を相手に、夢中で尻を振り彼の逸物にしゃぶりついた。すっかりケダモノになり下がって、夫の前では決してしないことをたくさんしてみせた。

刺激につられて真智もまた何度かホテルに通った。一度は若い女の先客がいたが、そばで見ているように言われたので二人の行為を見学した。やがて真智も加わるように指示されたので従った。見ているだけで体が疼《うず》いて仕方がなかったので、迷わず参加した。

彼のおかげで3Pまで初経験したのだ。話には聞いたことがある行為だが、こういうものかと初めて認識した。もうひとりの女が若いのにとても馴れていてあれこれ教えてくれた。器具を使っていたぶられたりじらされたりする快感も味わった。

スイッチを入れると振動する小さなスティックを敏感な肉芽に当てると、たちまち気持ちがよくなった。しばらく擦ったり挿入したりしているとあっけなくアクメに達した。真智が興味を示すと、彼は欲しければあげると言ったので、持って帰ることにした。ハンカチに包んで大事に引き出しの奥にしまった。

満ちるが逮捕された後、ホテルに電話して彼の部屋に繋いでもらおうと思ったが、部屋はもう引き払ったと告げられた。彼もまた逃げ出したのだろう。

夫も子どももいない平日の昼下がり、真智は時々小さなピンクの電動スティックを取り出して自分を慰めた。彼としたさまざまな行為を思い出すと体が震え出すようで、鼓動も速くなるのだった。

優奈はこれまで以上にバレエに励んでいた。レッスンに通う回数も増やし、夕方からは子どもクラスの助手もするようになった。

満ちるから紹介されたモデルのアルバイトのことは極力思い返さないようにしている。

園田に写真を撮られたとはいえ、結局優奈はスタジオの宣伝には使われていなかったのだ。彼はただ個人的な楽しみのために優奈にバレリーナの格好をさせて弄んだだけだ。ギャラをもらったのだから騙されたわけではないが、何か釈然としなかった。モデルとしてふさわしくなかったのかと、プライドが傷つけられた気分だった。

とどのつまりあの男は、小学生の頃バレエを習っている女の子にバカにされたのがきっかけで、妙なコンプレックスを持つようになった一種の変態だ。バレリーナを犯す自分を妄想していたのだ。

園田は今でも時々バレエ公演を見に行くと言っていたし、話をしてみるとバレエの知識も情報も実に豊かで詳しい。男性にもバレエファンがいることは知っていたが、彼の場合はどこかオタク的で屈折している。

優奈にバレリーナの格好をさせて、妄想通りに思いきり辱める……彼は一応の満足は得られたようだ。優奈は生まれてこのかた経験したことも想像したことさえないような破廉恥な行為をさせられて、不思議な快感を得た。次第に面白くなって次々に彼の要求に応えてしまったが、やがて限界がきた。

優奈は園田が経営するダンススタジオに三度足を運び、彼の前で踊った。彼が用意してきたスケスケのキャミソールを着て、ノーパンにノータイツでチュチュだけ着けて踊るのだ。足を高く上げたり開いたりした時、チュチュの下からちらちら見える下半身に彼の目は釘付けだった。

仰向けになった彼の顔の上で百八十度開脚するように言われて従ったこともある。実に満足そうで、ヴァギナにしゃぶりつきながら顔を真っ赤に紅潮させていた。しかし彼の要求がエスカレートしてきて優奈には応えられなくなってきた。

次第に優奈の実力では難しいアクロバット的な動作を求めてくるようになったし、男女のパ・ド・ドゥを見たいと言ってきたのだ。しかも裸で踊るのだ。そんな無茶なことを引き受けてくれる男性ダンサーがいるとも思えないが、金のためにする人が現れるかもしれない。また妙な相手と組まされて踊るのは御免だ。

優奈は園田の要求についていけなくなり会うのをやめた。彼はまたバレリーナを探し始めたようだ。自分の思い通りのことをしてくれるエッチが大好きな、そしてバレエもプロ並に踊れる女性を。簡単に見つかるとは到底思えないのだが。

満ちるの逮捕を知って、当分は彼もおとなしくしているかもしれない。しかし彼の妙なこだわりが消えてなくなるわけではないので、相も変わらずバレリーナの尻を追いかけ回していくのだろう。

優奈にしてみれば、結婚前に会社にアルバイトできていた大学生と社内でエッチしまくっていた時以来の「秘密の悪さ」をしたことになる。久しぶりにどきどきしたし、不思議な快感も得られたので、いい退屈しのぎにはなったと感じている。

虹子はその後、山本の事務所に二度出かけていった。「秘書」は何人かお気に入りがいて、ローテーションがあるようなので、山本の指示に従って日時を決めた。前の日になるとそわそわして落ち着かなかった。持ち物を何度も確認したり、服は決まっていたが下着は熟考した。どうせすぐ剝がされてしまうのだが。

デスクに押しつけられてバックから押し入られたり、床に這わされたり、山本が椅子に座って虹子はその足元に蹲《うずくま》るようにして逸物を咥えたりもした。彼の持ち物が特大サイズのため、顎は疲れるし涎《よだれ》は垂れるしで大変なのだが、実に充実した気分を味わえた。

性の奴隷になることが快感だった。これは自分でもまったく気づかなかった性癖だ。夫や元彼の俊彦とだけセックスしていても、一生気づかなかっただろう。虹子は山本に礼を言いたいぐらいだ。彼の命令ならどんな恥ずかしいことでも承知した。回を重ねるごとにエスカレートしていきそうで怖いぐらいだった。

どうやら山本はヤミ金業者のようで、隣の事務所で働いている男たちもまともな会社員には見えなかった。時折、山本が社員たちを恫喝するような声が漏れて聞こえてくることがあった。本来虹子が足を踏み入れるような場所ではないのだが、快感が忘れられなくて危ない橋も渡る覚悟だった。彼は危険な男で、言うことを聞かなかったり反発した時に睨みつける目の光り方が素人ではなかった。けれども脅されるようにして無理やり従う性行為に、胸が苦しくなるような快感を覚えてしまう自分に気づくのだった。実はMなのかもしれない……ということも感じ始めていた。

しかしさすがに満ちるの逮捕を知った後は、もう山本のもとには通えないと悟った。彼は満ちるの顧客だったのだ。携帯の履歴などはすべて消した。山本に渡した虹子の履歴書は、そこがヤミ金とわかった時にこっそりファイルから取り出して持ち帰ってきたので、足がつくことはないだろう。

これからますます面白くなる、という時に断念するのはとても悔しかった。しかし警察沙汰になれば夫にも秘密がバレてしまう。そう思うと諦めるよりほかはなかった。あの時の自分は一体何だったのだろう。自分を完全に解放してただの性的人間になり下がるというのは、実に楽で心地いい。余計なことは考えず、取り繕ったり隠したりも必要ない。妻や母親であることを忘れて、ただ本能のままセックスに飢えた女になるのだ。

俊彦とはそれっきりだ。何度かメールやら電話があったがすべて無視していたら、そのうち諦めたようだ。どのみちもう潮時だったのだ。

暇を持て余しているとまたよからぬことを考えそうなので、午前中は近所のクリニックで受付のアルバイトをすることにした。報酬はさほど期待できないが、自宅で空いた時間にできるので子持ちには何かと都合がいい。もう短期の高収入のアルバイトだけには手を出すまいと肝に銘じた。

満ちるが逮捕されてから一ヶ月近く過ぎたある週末の夜、ママ友四人は久しぶりにファミレスに集合していた。夜の九時、夕飯の片づけも終わり子どもは夫に預けてそれぞれ家を出てきたのだ。ようやく雑事から解放されるひとときだ。

「まさかここに満ちるさんがひょっこり現れたりしないわよね」

「やめて。一瞬、どきっとしたじゃない」

「悪い冗談」

「そんなに早く自由の身にならないでしょ」

「そもそもあいった罪で懲役刑になるの？　なるとしたらどのくらい？」

「どうなんだろ。執行猶予っていうのもあるじゃない」

「保釈金とかでとりあえず出られるのかも」

「あの人、お金はあるしね。あ、でもお金持ちだと保釈金も高いんでしょ」

「法律に詳しい人、だれかー」

「いない、いない」

四人はメニューを広げる前から早くもそのネタで盛り上がっていた。子どもたちが通う小学校のPTAの間でもひとしきり話題になった。何しろ満ちるは役員の中でもリーダー的な存在だったからだ。

満ちるは四人の他にも他の学年のグループとも親しくしていたので、彼女から仕事の斡旋を受けた母親がまだ何人かいるかもしれない。しかし彼女たちは皆、自分が引き受けたアルバイトに関しては多くを語らないのだった。驚くほど高収入のそれらの仕事が、本当はどんな内容で実際に何をしたかは、それぞれの胸の内だ。

母親たちの日常の些細なおしゃべりの中からでも、満ちるは彼女たちの本質を見抜くのが実に巧みだった。一見何不自由ない暮らしを送っているように見えても、何が不満でどこに問題があるかを素早く読みとった。そしてひとりひとり食いついてくるようなアルバイトを紹介し、満ちるの大事な会員たちの餌として提供された。

そんなことをしても母親たちから訴えを起こされないのは、世間体《てい》の問題もあるが実は彼女たちも密かに楽しんだから、に他ならない。自分たちはあの女にただ騙されたわけではないというプライドもある。

真智も美沙緒も優奈も虹子も、お互いの本当の胸の内とそれぞれに起こった真実は知らないし、今後も隠し通すつもりだ。最初は無理やりだったけれど実はハマッてしまった、変態っぽい行為にぞくぞくした、などとは口が裂けても言えない。

四人はとりあえずビールとサラダなど簡単なつまみをオーダーしてしまうと、すぐにまた話に夢中になった。

「満ちるさん、これからどうするのかしらね。旦那とは離婚かな」

「さあ、どうだろう。こういう時は、案外助けるんじゃないの？　自分も浮気して非があるんだし」

「息子たちが可哀想よね。母親が逮捕ってショックでしょ。しかも容疑があれじゃ。学校、私立だしやめるんじゃないの」

「母親が売春の斡旋て……すごすぎるわよね」

四人は満ちるをネタにしたら何時間でもおしゃべりができるような気がした。

「ねえ、祐二さんて、満ちるさんとはもう別れるのかな」

優奈がぽつりと言った。

「何で？　気になるの？」

「あ、べつに……でもちょっぴり気になるかな。またランチに行ってみようかなって」

優奈は小さく肩をすくめた。

「あー、でも彼はお店、近々やめるみたいよ」

真智がぶっきらぼうに答えた。

「えっ、真智さん何で知ってるの？」

「麻布のお店に移るっていうんでしょ」

「虹子さんまで。みんな何で知ってるのよ」

優奈は目を丸くして真智と虹子の顔をかわるがわる見つめた。

「私も何も知らないわよー。またみんなでランチしに行かないってきょう言おうと思ったのに」

美沙緒も不満げな口調で言った。

「この間、ランチしに行ったの。その後、少し残って話したのよ」

「私も同じく……真智さんとは別の日だったみたいね」

「真智さんも虹子さんも、ずるい。抜け駆けしないでー」

「私もひとりで行こうかな」

「ちょっとちょっと。みんな何が狙い？　祐二さんなの、ランチなの？」

美沙緒は細い眉を神経質そうに寄せながら訊いた。

「祐二さんて、ちょっといい男じゃない。それに料理の腕もなかなかだし」

「あ、もしかして真智さんたら満ちるさんの後釜を狙ってる？」

「彼、今フリーみたいよ」

「虹子さんはそんなことまで聞き出したのね。何も知らないのは私と優奈さんだけみたい」

「私、けっこうタイプなんだけどな、彼」

「みんなそうでしょ、本音は」

「いい男だもんね」

「フリーにさせておくことはない」

「だれか試しに祐二さんと付き合ってみて、それを逐一報告するとか……やってみたい人」

真智の提案に、四人全員が「はいっ」と手を挙げた。一斉に顔を見合わせて笑い転げる姿は若い娘と変わらない。

夜はまだ始まったばかり。話はいつまでも尽きることがなかった。

この作品は書き下ろしです。原稿枚数385枚（400字詰め）。

幻冬舎文庫

●最新刊
走れ！　T校バスケット部6
松崎　洋

N校を退職した陽一はT校バスケ部のコーチとして後輩の指導をすることに。だがそこには、自己中心的なプレイばかりする加賀屋涼がいて……。バスケの醍醐味と感動を描く人気シリーズ第六弾。

●最新刊
キリコはお金持ちになりたいの
松村比呂美

薬などを転売して小銭稼ぎを続ける看護師・霧子は、夫のモラハラに苦しむ元同級生にそっと囁いた。ろくでなしの男なんて、死ねばいいと思わない？　底なしの欲望が炸裂、震慄ミステリ。

●最新刊
クラーク巴里探偵録
三木笙子

人気曲芸一座の番頭・孝介と新入り・晴彦は、贔屓客に頼まれ厄介事を始末する日々。人々の心の謎を解き明かすうちに、二人は危険な計画に巻きこまれていく。明治のパリを舞台に描くミステリ。

●最新刊
密やかな口づけ
吉川トリコ　朝比奈あすか　南　綾子
中島桃果子　遠野りりこ　宮木あや子

娼館に売り飛ばされ調教された少女。SMの世界に足を踏み入れてしまった地味なOL。生徒と関係を持ってしまうピアノ講師。様々な形の愛が描かれた気鋭女性作家による官能アンソロジー。

●最新刊
オンナ
L・i・L・y

30歳になってもまだ処女だということに焦る女、婚約者が他の女とセックスしている瞬間を見てしまった女……。女友達にも気軽に話せない、痛すぎる女の自意識とプライドを描いた12の物語。

正直《しょうじき》な肉体《にくたい》

生方澪《うぶかたみお》

平成26年2月10日　初版発行
平成26年3月10日　2版発行

発行人――石原正康
編集人――永島賞二
発行所――株式会社幻冬舎
〒151-0051東京都渋谷区千駄ヶ谷4-9-7
電話　03(5411)6222(営業)
　　　03(5411)6211(編集)
　　振替00120-8-767643
印刷・製本―中央精版印刷株式会社
装丁者――高橋雅之

幻冬舎文庫

ISBN978-4-344-42149-3　C0193　う-16-1

幻冬舎ホームページアドレス　http://www.gentosha.co.jp/
この本に関するご意見・ご感想をメールでお寄せいただく場合は、
comment@gentosha.co.jpまで。